尹晨伊 著

好吧 誰教我愛你

第一章

人只要有心，沒有什麼是裝不來的。

再用點心，就算不像也有三分樣。

結論，人就是最做作的一種動物。

他靠虛幻的故事過日子，拍電影講得好聽就是藝術，拍出來的故事也許深刻雋永，感人肺腑，讓人看了痛哭流涕，但只要電影散場燈一亮，轉身揮淚，就如煙消散，無影無蹤，只在心裡留下淡淡的感覺。

他希望他的人生也能如此自在。

文傲喜歡他的工作也就是因爲這個原因，這個世界，完全操控在他的手中，穩穩地走在他規定的道路上，不會偏移，也不會失速。

「導演，席琳還沒有到。」

文傲的臉沉了下來。

女人！就是讓他完美企劃失速的潛在原因。

「其他人到了沒？」他轉頭問李宏，李宏是他的特別助理。

「酒會雖然七點開始，但還可以再等一下。」

「不用等了，就開始吧！」

「導演……」

今天是隱性的選角酒會，而席琳就是其中的女王，也是文傲預定的女伴，就這麼開始，那導演不是要單獨入場？

會不會很奇怪？

「開始了，李宏，不要讓客人等。」

這是莎夏第二次來到這間郊區的別墅，看來主人雖然不住在這裡，卻習慣將這個場地做爲開辦酒會的最佳地點，上回她也是伴著巨星石雅立一同出席文傲新戲《擒王》的記者會。

莎夏是光燦耀眼的超級模特兒，目前是專屬於國際化妝品集團「茹絲凱」旗下的首席模特兒，是身價昂貴的超級模特兒，那化妝品模特兒精緻完美的面容，一雙明媚杏眼，皓齒紅唇，莎夏擁有傾城之姿。

她穿著白色錦緞製成的長禮服，前面的設計高領保守，禮服上有銀色織錦雲紋，低調高雅，但一轉身，背部竟開叉直至臀際，露出雪膚玉肌，欺霜賽雪，窈窕身段展露無遺，更加火辣撩人。

莎夏挽著石雅立的手緩緩步入宴會廳，石雅立正炙手可熱，剛完成國際名導安羅曼新戲的音樂製作和配唱，今年的音樂大獎已如探囊取物，非他莫屬。

身邊伴著絕色佳人，雅立自然面子十足，「湘君，妳今天很美。」

超模莎夏的華文名字就是湯湘君，只有少數的朋友和家人這麼稱呼她，雅立能這麼叫她，也證明他們關係眞的如外傳般非比尋常。

莎夏抬起那雙圓且往上挑的美麗杏眼，就像隻貓兒似地，「平常就不美了？」

雅立是聰明人，心突然猛跳了一下，自然有所警惕，這隻貓兒萬一不高興走人，或是放手撂爪子抓他兩下，他就麻煩了。

於是，雅立很機伶地答，「也是很美，但這件禮服很出色。」

莎夏笑了，用手撫了撫腰側的衣服那幾乎看不見的皺摺，「公良慧設計的，她也令我大吃一驚。」

她對這件禮服也很滿意，公良慧完全針對她的身材特色，以簡單高雅的設計烘托出她的優點，美得驚人。

原先只是爲了公良慧的鍥而不捨而感動，但眞正接觸到她的作品才發覺她的才華出眾，算是意外的獲得。

「上次那個纏著妳的設計師？」他嘖嘖稱奇，「沒想到她年紀輕輕就這麼出色。」

「你年紀也差不多，幹嘛裝老？」莎夏睇他。

雅立笑笑。「我是歌手，年輕早出道很正常，但設計師有才華又年輕是比較少見。」

莎夏進場才發現擁擠，今天的人潮比上回記者會還多，感覺是有點古怪。

「雅立，怎麼那麼多人來啊？」

明明選角都已經確定，照理說文傲也不缺新聞宣傳，頻頻開這種大型酒會令人費解。

「妳最近都沒在看新聞吧？」雅立笑笑。

「怎麼了？」

「這部戲的男女主角都出了一點問題。」

演藝圈瞬息萬變，不過幾個月而已，就興起了換角風波，原定的男主角鬧了外遇醜聞，女主角又突然懷孕，一下子兩個肥缺就露了出來，也怪不得這裡人山人海。

「難怪……」

雖然雅立沒有說清楚，但莎夏已經知道是怎麼回事。不過……

滿室的衣香鬢影，和一屋子的美麗仕女相處，以及一大群看起來彬彬有禮的紳士，眞是讓莎夏厭煩得要死。

「聽說女主角最熱門的候選者是席琳。」

「挺美艷的。」

「若是眞由席琳上位，那原先她的位置也要有人遞補。」

「但這跟我沒有關係吧？」

「當然，妳是陪我來了，文傲邀請了我。」

「你要演？」

「呵。」雅立淡淡笑著，伸手拍拍她，「演戲那麼累，我還在想，在冷氣房工作不是挺好，要不要找罪受呢？」

「考慮中？」

看著他的笑容，湘君心想：要說男人也能風情無限，就是像他這種吧？

「有點爲難，我跟文傲有點交情的。」

她歎口氣，不知道自己究竟是著了什麼魔，會再度答應石雅立當他的女伴來參加這個無聊的酒會。

上回見到文傲，明明就是又氣又悶，他那不可一世的驕傲令她反感，要不是穿著「莎夏」的外衣，她心裡的湯湘君就要衝上前去臭罵他一頓，矯正一下那個歧視女人的腦袋。

「雅立，你欠我一個人情。」想到文傲心裡還有氣，她惡狠狠地瞪著雅立，那是他的朋友，「你要記得，我有朝一日定會給你機會還的。」

他不在乎地聳聳肩。

「我對朋友是赴湯蹈火在所不辭，何必說的那麼俗氣？什麼欠不欠的？」

「你不要裝傻忘了就好。」

「湘君，我真的是找不到人當我的女伴，妳就看在我們老同學又這麼長的交情，吃虧一次又怎麼樣？哎，痛痛痛……」湘君不動聲色地猛踩他一腳。

他當她是白癡啊？「你會找不到女伴？」

「我是說眞的啊！」他苦著臉，「別人哪有妳方便，會有麻煩的。」

湘君冷眼看著周圍振筆疾書的記者，狠瞪了石雅立一眼。

「你說話小聲點，有記者。」

「喔。」

「還有，別對我作出那麼憂鬱小生和超級巨星的模樣，我可不是你那些歌迷或影迷。」

「妳說什麼？小學妹。」他裝傻。

雅立是湘君在學校唸書時的同校學長。她從小就看多他的手段和花招，雖不致對他的魅力免疫，但也沒那麼好騙。

像他這種級別的巨星會找不到女伴陪他來參加酒會？用這種理由來呼攏她簡直就是侮辱她的智商，想到這兒……

湘君不動聲色地伸出腳，用腳跟使勁轉了一圈，當然是在雅立的腳板上「運作」。

「啊～～～」他低低呻吟，臉色發白急忙告退，「湘君，妳先在外頭一下，我想去洗手間檢查一下我的傷處。」

「去！」她咒罵了一聲。「什麼『傷處』要去洗手間檢查？啊！」她噤口不言，但已經太晚。

周圍窺伺的目光已經愈來愈光明正大了，好奇心真是人皆有之。

說完湘君才驚覺上當，算她失策，被陰險的石雅立回報一記。

喏，旁邊那個淑女正大驚失色地看著她，不曉得已經在旁偷聽多久了。

而一旁的記者正筆記下他們之間的對話，臉上還露出得意的笑容。

不遠處傳來雅立爽朗的笑聲，是他算計得逞的得意示威。

「該死的石雅立。」幼稚。

她匆忙離開，身爲一個超級模特兒兼影星，公眾人物的麻煩一點也不少，身邊總有些無聊的旁觀者，動不動就緋聞滿天飛，更何況今天的場合是伴隨著超級巨星出席影界金童的酒會呢？

剛才見文傲出巡似地在場內走動，他經過時總引起一群逢迎的人接近，看起來光采且不可一世，不過雅立並沒有帶她去湊這個熱鬧。

文傲是天才型導演，或許說是鬼才更爲貼切，他的作風大膽，朋友看起來多，其實知心的卻沒幾個，爲了利益而巴結貼近他的人很多。

新片票房一向好，文傲是票房保證，他拍完一部片，也不用怎麼宣傳，上映時，便人潮洶湧，各線影院搶著聯映，這怎能不教人又羨又妒呢？

影星只眼巴巴著等他看上，能主演一部他公司的片子，立即就有機會躍身國際舞台，成爲巨星之日不遠。

所以，大概除了莎夏，也就是湯湘君小姐她本人，才有可能會看他不順眼，也就因此將文傲這位金童寵壞了，讓他的表現益發頑劣自大。

但湘君和文傲見面的時候還眞不少。

從第一次和雅立來這兒參加酒會之外，後來又在幾個場合見了幾面。也不知道怎麼地，湘君一看見他就全身不舒服，活像幾百隻跳蚤同時攻擊她似的，所以就算兩人一同在宴會中，她也小心地避開他，不和他作正面接觸。

還好這對她並不困難，愈緊張的時候，她的聽覺就愈靈敏，從小她就耳聰目明，可以輕易地避開目標，而且，文傲的聲音對她又是再熟悉不過了……

「告訴我們吧！老板，你選中了誰呢？」

文傲和他的工作夥伴坐在房間裡，眼睛半闔著，他無聊得幾乎不像是清醒的，懶洋洋地閉上眼睛，但是……

認識他的人都知道，此刻的他是再警覺不過了。

文傲不是靠運氣經營他的事業的，他對工作的事，從來都不馬虎。

他睜開眼，目光與剛才截然不同，朗星般閃亮。

「石雅立。」他回答道，「除了他之外，我誰也不要。」

他今天在這兒就是想挑選出所有他新片需要的演員。

這是他覺得最煩人的事，所以文傲想要快刀斬亂麻，就在一次宴會中就完成它。

李宏，他的特別助理上前。

「石雅立？他是很優秀沒錯，可是他的時間能配合嗎？」

「石雅立沒有世界巡迴演唱？」

「他沒有其他的片子？」

與會的人都沒有將酬勞列入問題當中，因爲他們知道……

如果文傲中意的是石雅立，在諸多的困難之中，錢反而變得無關緊要了。

「女主角呢？」李宏接著問他。

文傲隨意地擺擺手，「就隨便好了。」

隨便？

李宏翻開平時記事的本子，「我已經把所有你認爲合格的人選都邀來參加今天的宴會了，你剛才也出去繞了一圈，麻煩你勉爲其難地跟我說，到底挑中了哪些人，好不好？」

文傲頭痛，有點抗拒，「開宴會是你的主意，照你說的，把合格的人都邀來，別人都以爲我在選妃了。」

「席琳怎麼樣？」

「她終於來了嗎？」文傲惱怒。

「她最近是有些恃寵而驕了。」李宏歎氣。

仗著是老闆的女友就敢愛理不理，尤其是這麼重要的場合，李宏都替她捏把冷汗，實在是太不瞭解文傲了。

「算了，李宏，女人沒什麼重要的，選個長得漂亮點的，最好是愈笨的就愈好，才不會惹麻煩，我最討厭那種自以爲聰明的女人，每次都是她們在那兒攪局，另外再找幾個配角，都是同樣的標準。」

這就是他對席琳的看法，剛開始還覺得挺純眞，沒想到自作聰明了起來，愈來愈惹人厭了。

李宏歎氣，「文傲，選角不是在選老婆，我們都知道你選老婆的標準了，讓我們認眞來好嗎？」

「不論是選誰演都一樣，只要是女的就可以，戲份也不是很多，最好身材不錯，可以脫脫衣服賣弄一下性感的身材，畫面看起來也漂亮，我又不是要拍女性電影，沒有什麼好計較的，誰來拍都沒有差別，賞心悅目就是我唯一的要求。」

文傲順著沙發滑下身子，又開始閉目養神起來。

他的動作說明他不想再討論這個問題。

李宏沒辦法，只能依他的意，將大家全趕出文傲的套房。

「我出去繞繞好了，我們回頭見。」他這麼對文傲說。

文傲眼睛連睜都沒睜開就回答他，「如果有看到雅立，請你告訴他，我有事要和他商量，讓他到這兒來一趟。」

「我會告訴他的。」

「別忘記我們剛才訂的標準。」他再度提醒他道。

在他關門後，李宏的歎氣聲還是傳進他的耳中。

湘君簡直不敢相信她的耳朵。

要不是她很確定她絕不會聽錯，要不然必會以爲她回到了遠古時代，現在居然還有這種大男人沙文主義的豬？

文傲應該被列爲受保護的動物，像那些老虎和猛獅一樣，一方面避免他絕種，另一方面就避免他傷害別人。

以後就拿他當作學生們上課的教材，看看沙豬會有什麼下場，好藉以警世。

「他以爲他是誰？」湘君忿忿地。

趁李宏要走出來，湘君往側邊走。

「莎夏小姐……需要我幫忙嗎？」

湘君抬頭面對李宏，並對他展開一個大大的笑容，很無害的，眨著大眼。

「我只是在找人。」

「找人？」要找誰呢？李宏臆測著。

突然她心生奇想，她知道她看起來像什麼，就像剛才文傲形容的那種笨蛋白癡女星，完全符合他們「規格」。

唯一的一個問題就是……

她今天沒有接到他們的邀請。

因為他們今天只邀請那些文傲有意合作的影星，而她……並不在內！

果然，李宏雖險些被她一笑給昏了頭。

他還是挺盡責地問了她，「真想不到湯小姐會大駕光臨，請問您……」

湘君懂得他的意思，不待他說完就插嘴，「我今天是跟雅立一道來的。」

還好她不用自我介紹，這就是身為化粧品模特兒的好處，茹絲凱替她打下了良好的知名度，讓她比各國總統上報的機會還多。

聽完她說是跟雅立一塊來的，李宏消除他的疑慮，並且回報她一個曖昧的笑容，她知道那笑容代表什麼。

這些男人心裡想的事全都一樣。

但管他呢？她就是要他們誤會，最好覺得她愈笨愈好，湘君才不在乎這些呢，扮豬吃老虎聽過嗎？最後倒霉的人是誰還不知道。

這是她特有的武器，別人想要學都學不來。

「呃……」她春花般一笑，打算走了。

其實心裡是覺得他注意到她開著低胸的領口已經夠久了。

「李先生，我想要找雅立，請問你有沒有看見啊？」

明知他沒看見雅立在那兒，也猜得出他一定回答她……

「沒有，但我正要去找他，要和我一起去嗎？」

和你一起去？

「不了，我想……」她對他瞟一個媚眼，「我們還是分頭找比較容易，你若是看見雅立，就請告訴他，我在找他就行了。」

李宏無奈地同意她的提議，明顯地看出十分失望。

「我會告訴他的，那麼……我們回頭見囉！」

湘君站在原地目送他離開之後才嗤了一聲，「眞他媽的低級……」

「唉！」一聲歎息從後方從來，「眞是可惜了那張美極的櫻桃小嘴。」

她立即回頭瞅著石雅立，「干你屁事？」

「妳想說低級的什麼呢？」他問，隨後又反悔道：「別告訴我，千萬別說，讓我猜一猜……」

湘君揮手打了過去，「猜什麼啦！」

啪地一聲，雅立呼痛撫著腦袋，「差點被妳打得腦震盪。」

湘君笑了起來，雅立也被感染，兩人相視大笑，沈浸在私人的情緒中，絲毫沒感覺到多出一個同伴。

「眞失禮，想不到溫柔的大情人竟然惹得小姐生氣打人。」文傲從遠方漸漸走近。

雅立看了看湘君一眼後笑著回答好友，「放心好了，這位小姐與眾不同，她不是真的生氣的。」

湘君正好背對著正走向他們的文傲，趁著別人看不見的這當兒，她白了雅立一眼。

敢在這個時候諷刺她？

雅立假裝害怕地縮了縮肩膀。

「哦？這麼大量的小姐已經不多見了，我倒要認識、認識。」

文傲走到他們中間。

湘君吸口氣轉向他，「恐怕我們早就認識了。」

文傲看見是她，驚訝地挑高了眉。

「湯小姐。」

他們是見過，但沒有什麼牽連，交情只能說是泛泛而已。

並不是他對她沒有感覺，湯湘君正是他欣賞的美麗女性，但她跟雅立過從甚密，在不清楚狀況之下，他還是遠離她，免得被她的高磁力給吸住，像兩塊磁鐵緊緊貼在一起。

「你從什麼時候來的？」雅立拍拍文傲的肩膀。

文傲沒有針對他的問題回答，眼睛仍舊沒有離開湘君，「真沒想到，我是不是應該替湘君討回公道啊？」

她突然有個想法，既然文傲是這樣的人，不如來惡作劇一下。

湘君裝作羞赧地垂下頭，「不會在我動手的時候吧？」她憋氣，臉如願地漲紅，「眞是不好意思……」聲音愈來愈小。

眞會裝。雅立暗笑。

湘君像小鳥依人般依偎在雅立身邊，文傲看了很心動。

一個溫柔不惹麻煩的女子，再加上她的美貌和傻笨笨的腦袋，這是多麼好的一種組合。

如果早有這種女人出現，他說不定老早就結婚了，才不會一天到晚被那些城府深沉的女狐狸算計。

是雅立的女友嗎？他們到何種程度呢？

文傲以目光示意，以多年的交情，雅立明白他想知道湘君與他之間的關係。

但他有必要告訴他嗎？

不！

湘君不太適合文傲。

於是，雅立露出賊賊的笑容，什麼也不說地看著文傲，文傲不太高興，雖然他沒有表現在臉上，但他還是一眼就看出來，這歸功他多年苦練出察言觀色的能力。

追女朋友要靠自己的本事，誰也幫不來的，情節複雜戲才會好看，而且以湯湘君和文傲的性格，聰明的雅立並不想淌這場渾水。

「雅立，我有事要跟你談一談。」

看吧，馬上就挑明了說。

他才不會放棄看文傲這個大導演親身演繹的大好機會！

雅立禁不住好笑地，「你眞是太沒有禮貌了，有小姐在場時，我怎麼好冷落她跟你說什麼無聊話？」

湘君嬌羞地笑了，「不，你們談你們的。」她替自己找了退場藉口，「我正覺得口渴，想拿杯飲料到外頭花園去安靜一下。」

「妳確定？」

「當然，你已經陪我夠久了，我想……男人們有正事要談，女生還是要知所進退才是啊！」

她風姿綽約地一轉身，飄然優雅地離開。

天！文傲不禁感歎，這女孩簡直是他的白雪公主。

他一直以爲這種類型的女性早已絕跡，沒想到這世間的最後一個活化石會被他遇上。

他一向看到喜歡就去取，現在就只有一個阻礙了，他斜睨石雅立一眼。

「喂！別想暗中算計我。打從你和我一進這房間就不懷好意地拿眼睛瞟我，難不成你轉了性，現在對男人有意思？」

文傲過去一拳揮出，雅立眼明手快地閃開。

「被人說破也用不著追殺我啊！」

「這什麼場合，別亂開玩笑，隔牆有耳。」

雅立大笑兩聲，「幸好你沒有那個興趣，要不然……我還挺難想到理由來拒絕你呢！英俊多金的帥哥，我還沒演過灰姑娘……」

文傲又一拳打來，這回可是正中目標。

「啊……」雅立慘叫，「你是覬覦跟我來的那名美麗的女朋友，想把情敵打死？」

「她眞是你的女朋友？」文傲反射地問。

「喔……原來是眞的，讓我問出來了吧？」

文傲在腦中飛快地轉著念頭。

湘君眞的是雅立的女朋友嗎？

她若是雅立的女朋友又怎麼樣？

他就要對追求她斷念嗎？

他氣惱地揮開擋住他眼睛的頭髮，想那麼多幹嘛？他就逼石雅立說清楚。

「她到底是不是你的女朋友？」他問得咬牙切齒。

雅立露出痞子笑容。「你沒看雜誌嗎？上面說得很清楚了。」

「我、問、的、是、你。」

雅立大笑，「不信任雜誌？好，這種聰明人，我喜歡！」

「石雅立。」文傲瞪著他。

「不過我還是沒必要告訴你，你知道我有多重視我的隱私權，看在好朋友的份上，我只能透露的一點是……我跟湘君有很多年的交情了。」

「你這傢伙……」

「如果你對湘君有意思，那就努力吧！各憑本事，互相競爭也不要緊，總之追女朋友要靠實力的，不是講朋友交情的，更何況……八字都還沒一撇呢！我都不緊張你，你那麼在意我也不怕人笑話？」

文傲笑了。「是你說的。」

「當然。」

「那我們就先談談片子的事吧。」

一直到宴會人群全散光，文傲也沒再見到湘君一面。

可能會跟雅立一塊走了嗎？

而他派出去「選角」的李宏也等到人散了才回來見他。

「結果如何？」文傲微抬眼，其實他心底已經有數了。

李宏可能喝了些酒，看得出有幾分酒意，臉也紅得跟煮熟的螃蟹沒兩樣，活像是蝦子的兄弟。

他拿出名單，大概是剛才列出來的，直直地遞給文傲，「我想……就是這些了。」

文傲迅速地瀏覽了一下，皺起了眉頭。

「不滿意嗎？」李宏對文傲的反應很清楚。

他的第一人選是「席琳」，目前老闆的新歡，他一直以爲這是安全名單的。

「女主角人選不是預定席琳嗎？」

「不知道，總之我剛才見了她，覺得不對勁，她好像變得傻得過分了，一直呵呵笑個不停。」

人逢喜事，當然呵呵笑，席琳也知道她是口袋人選，一躍登上女主角寶座吧？

李宏又想提醒他，「傻」本來就是他要求的特點之一啊！但他想想之後放棄了。

「那好，我今天看見另一個人，她不在我們原定的名單之中，但是蠻符合我們的要求的。」

「誰？」

「她是男主角的舊識，配合度很好，口碑也很不錯……」

他說的那種小姐，他今天也看到了一個。「你該不會是說莎夏吧？」

「你怎麼知道？」

今天雅立是沒有明白拒絕文傲，但提出了一個條件。

石雅立希望配合的女主角是湯湘君，也就是莎夏。

「李宏，你爲何推薦她？」

「身材好，人又美得像朵花兒似的，長相又看不出種族隔閡，一定比席琳那種洋妞合適，如果連她都不行的話，我也找不出更好的人選了。」

文傲想追求湘君，但又不想讓她跟石雅立太接近，原因很簡單，就是不想朋友和情敵混得太複雜，但想起今天雅立的話，以他獵豹一般的個性，也不是很拘泥。

女人和兄弟，他當然敬重兄弟，但也跟雅立打過招呼了，算是仁盡義至，雅立也說各憑本事，不是嗎？

「好！事情就由你去接洽，至於席琳……就讓她留在原先的角色吧。」

「另外，薩總裁想請導演替他執導新一季的產品廣告。」

「我聽他說了，我們應該還有空檔吧！」薩奇是他的好友，知道選角都還沒定，文傲最近有空。

「是，薩總裁請導演您試鏡選好角色，他們準備好了。」

文傲想了想，露出一個算計的微笑，「跟薩奇說，請他們找莎夏。」

「莎夏！」

又是莎夏？這是怎麼回事。

第二章

這偌大的一間辦公室裡，有一美人。斜倚在眞皮長版的三人座沙發中，修長美腿相疊，魅惑誘人。

「有人進來看到妳坐沒坐樣，成何體統？」

莎夏閒得發慌，窩在茹絲凱總裁辦公室中的沙發裡好一陣子了，桌上擺著秘書拿給她看的雜誌，好像連翻都沒翻過。

發話的人也是美人。

她秀眉微挑，穿著一身貼身套裝，腳蹬八公分高跟鞋，身材不若莎夏高挑，薄施脂粉，有種渾然天成的氣勢。

莎夏聞言伸了伸腰，但變本加厲地趴在沙發上，「等發生再說也不遲，反正也不可能有人突然闖進來。」

「妳起來。」

「哪個不開眼的人敢得罪老板呢？藍湘堤總裁。」

「湯湘君，妳再耍嘴皮子！」

看來今天湘堤心情不太好。莎夏吐吐舌頭，做了個她拿手的鬼臉，那種惹人憐的表情卻打動不了藍湘堤，仍然滿面冰霜。

「好嘛！要是眞的有人要進來，我就快點起來站好就是了。」

敲門聲輕響。

藍湘堤哼了一聲，「就有人進來了，妳立刻給我坐好。」

她的心情受到影響是因爲競爭的公司薩綺集團的首腦，但目前藍湘堤並不想對任何人解釋，包括與她感情極好的妹妹湯湘君莎夏小姐。

莎夏心不甘情不願地扶著沙發扶手坐起來，看見那開門進來的那兩個人，又懶懶地縮回椅子中。「湘堤，這兩個不算是人。」她細細地緩聲說。

進來的是溫湘媛和蕭湘竹，莎夏與這三個女孩是姊妹卻異姓，早年由威廉．茹絲凱收養，茹絲凱機構是家族企業，經營各式保養和美妝用品，在業界信譽卓著，但威廉博士是個學者，無心經商，幸好有聰明勤快的女兒們，如今茹絲凱由藍湘堤和溫湘媛主持大局，獨當一面。

「喂！說我們不是人？妳也好不到哪兒去。」湘媛回嘴。

小妹湘竹在旁邊找了一個空位坐下，沒有加入她們的戰局，靜靜地不說一句話。

藍湘堤見到湘君又有意反駁的樣子，連忙制止。

「小姐們，不要鬥嘴好嗎？」

一直都沒有反應的湘竹聽了姊姊的話，忍不住笑了起來，打破了僵局。

「別鬧了，那麼大的人還不會給小妹做好榜樣？沒有半點當姊姊的樣子。」湘堤訓著。

「溫湘媛，停戰。」湘君聳肩。

「我覺得妳就是最近生活太無聊了，才會每天挑釁。」

「溫湘媛妳……」

「夠了。」藍湘堤再度制止，「我喜歡上班時有好的氣氛，工作效率也高，但妳們吵得我頭昏，我事情多得要命、脾氣又不好，不能受到太大的刺激，不然後果自行負責。」

「是溫湘媛亂講，我哪有找她挑釁？」莎夏自小就和湘媛鬥慣了。

「妳是沒有，但不知道是誰想教訓那個……他叫做文傲是吧？要他得到一個不尊重女性的慘烈教訓？」

聽見這個名字，湘堤皺起眉來。「溫湘媛，妳這個碎嘴的丫頭，有話妳放在心裡會死嗎？」

「不然妳放棄啊！」

「是什麼事？」藍湘堤警覺了。

「我們的湯湘君莎夏小姐想要僞裝成一個溫婉美麗的舊時代女性去接近一個凶巴巴的男人……」溫湘媛邪邪地一笑，雙手握拳做出擊倒姿勢，「還想要教育對方，給人家教訓……」

「住口。」莎夏大怒。

「是湘堤問我的啊！」溫湘媛攤手。

「妳還有理？」莎夏站起來指著她。

姊妹鬥嘴這種事，平常對她們來說，司空見慣，就算再過分，莎夏通常也一笑置之，但一沾上文傲，她火氣之大，彷彿被窺見不希望別人看見的隱私。

「好了！妳們兩個先出去一下，有事待會再進來談，我想跟湘君單獨說話，暫時不想被人打擾。」

湘竹點頭起身，走到湘媛面前，伸手拉了她就走。

湘媛怔怔地隨著她走，而後湘竹再開門將湘媛推出門外，細心地關上門，臨出門時還留下一個甜甜的笑容。

「妳們如果都像湘竹一樣該有多好？」藍湘堤不禁感歎。

莎夏也疼愛她的小妹，但仍忍不住要說，「會咬人的狗不叫。」

「妳是狗嘴裡吐不出象牙來。」

莎夏無所謂地笑笑，那笑容，有一股說不出的魅力。

「這個文傲……妳是怎麼認識的？」湘堤慎重地問。

「石雅立的朋友。」

「那個導演？」

「對。」以文傲的知名度，認識他並不奇怪。

藍湘提沉吟。

她才遇見一個麻煩，事主有兩個人，就是這個文傲和薩綺集團的老闆，這件事正讓她頭疼，沒想到莎夏也遇上這個文傲。

藍湘提盯著莎夏，「妳對文傲有意思？」

「怎麼會？」

「何必那麼激動？」

「我像是那麼沒有品味的人嗎？」

「像。」湘提嗅出了不尋常的氣味。

「妳太過分了，我再怎麼笨也不會喜歡那種自大鬼。」

「那妳爲什麼要招惹他？」

以她對莎夏的認識，平日她對麻煩是敬而遠之的。

「我哪有招惹他……」她看見湘提的表情，才勉強點頭，「好啦！就算有一點好了，那也是他的錯。」

「我不太懂。」

「就是……唉，該怎麼說？」

「長話短說，簡短說明。」

莎夏將她第一次在酒會中見到文傲，受到他不屑的鄙視，留下不良印象。之後再次見到他，又聽到文傲大言不慚地侮辱女明星言詞，都一五一十地說與湘提聽。

湘堤愈聽眼就睜愈大，不停地搖頭歎氣。

「怎麼樣？我這樣算是替天行道對吧！」

「妳偷聽別人說話還說是替天行道？」

「他罪有應得。」莎夏攤開手，一副沒什麼大不了的表情。

湘堤從總裁的寶座來到她身邊，握住她的手，鄭重其事，「不要去招惹文傲，他不是妳應付得來的人物。」

「湘堤，妳小看我？」

「我們又不瞭解他，沒有必要爲了什麼理念去做什麼傻事，不要惹麻煩。」

「知道了。」

文傲正準備換裝跟席琳用餐，著裝時刻，李宏向他匯報目前的進度。

「她不答應？」

「是的。」

莎夏拒絕薩綺集團的代言。

文傲不高興，「問誰的？」

「莎夏和Visual的經紀約已經到期，暫時沒有續約，我是直接問她本人。」

李宏怕他誤會自己辦事不力，忐忑地解釋。

文傲細思片刻。

「她是拒絕了薩綺，還是拒絕我們？」

「茹絲凱代言還沒結束，不可能接相同類型代言。」

「我們可以等她。」

「但茹絲凱有續約優先權。」

文傲從衣櫃中取出一件白色絲質襯衫，隨意地搭在穿衣鏡前的椅子上，然後回頭看著他的特別助理。

「你確定不是說話不得要領得罪了她？」

李宏回想和她說話的細節，好半晌才回答文傲，「我想大概不可能吧？我若是得罪了她，以她的個性來估計，她八成在現場就會讓我知道了。」

「她的個性？」文傲挑起眉，有些不快。

「莎夏似乎不太會隱藏她的情緒，之前有些報導也這麼說，說她不拘小節，心直口快。」

暗指她笨吧？媒體報導的意思是……莎夏不夠聰明和有心機去隱藏她的情緒。

文傲雖然同意李宏所說，但總感到有一些不對的地方，又說不出來所以然。

「我們要換角嗎？多接觸幾個人選？」

「不！」文傲換下他身上的上衣。

不換行嗎？

李宏意外文傲的反應，他不是一向用誰都可以？

「這是石雅立的條件，讓莎夏擔任女主角是石雅立開出的條件，要想辦法達成。」

文傲把換下的襯衫擱在椅子上，待會兒自會有人來收拾，然後他穿上剛才拿出的襯衫，一邊穿，一邊考慮著他的問題。

李宏點頭。「那我再找她去談？」

「算了，這件事我自己來處理，你就撂下這個先去安排其他的事，我會想辦法。」他淡淡地交代李宏。

處理？人家不接有什麼辦法？

要是有辦法，他去說時，莎夏就會答應了。

不過，他轉念一想，他這個老板本事可大著呢！說不定他眞的能辦到，畢竟英俊多金的公子比較有說服力，這一點……他就遠不及他了。

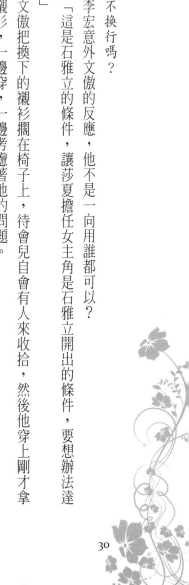

第三章

超模莎夏正處於她生命中最悠閒的一段時光，從忙碌的狀態中平息的她，最喜歡窩在茹絲凱總裁辦公室「休息」，看著工作疲累的藍湘堤忙進忙出。

哈！這讓她有一種快感。

「該死！」

剛開完會的湘堤才回到自己的辦公室，就忍不住將手中的文件甩在桌上。

坐在沙發上的莎夏看著湘堤異常的舉動，「爲什麼發這麼大脾氣？」

藍湘堤指了指桌上的文件怒，「我不想說，想知道發生什麼事，請自己看，文件裡寫得一清二楚。」

「哦？」莎夏走到怒氣騰騰的湘堤面前，「讓我看看……」她用手翻閱著文件，「妳是什麼時候和薩綺集團結下樑子的呢？」

「我什麼時候去惹他？那個薩奇有病！」

莎夏輕笑出聲，「照這種情況來研判，他們是衝著妳來的，同樣的產品、類似的化妝品成份，甚至……」她閉嘴了。

「甚至什麼？」

「沒什麼！」

「湯湘君，妳現在連我也敢瞞了。」

「好吧，他們找我問跟茹絲凱的合約什麼時候到期。」

湘堤怒吼，「什麼！他們想跟我用同樣的代言人？」

莎夏立即捂住耳朵，「老大，我的聽力好得很，妳不用那麼大聲我也聽得見，如果妳不吼破我的耳膜……我會很感激妳的。」

「妳不要和我油腔滑調。」

「我拒絕了，所以有什麼好生氣的，更何況，他們要是知道我們的關係，又怎麼會這麼做？」

「這明明是挑釁！」湘堤的一雙眼睛凌厲地瞪著她。「把事情老實地告訴我，他們什麼時候和妳接觸的？是薩綺集團裡的誰？」

莎夏知道在這時候還是快點說比較識時務，她沒見過湘堤發過這麼大火。

「不是，是文傲那邊的人。」

「那個導演？」

「對。」

「可惡！」藍湘堤發怒了。「我不犯人，人卻要來犯我？」她再次確認，「妳推了？」

「當然囉！」

「實在太過分，難道不知道犯了業界大忌，誰不知道莎夏是茹絲凱的代言人？」

「妳不是叫我不要惹他？」她露出無辜表情。

「妳……」

湘堤哪會不曉得她的心思，正要開口訓她，這時……

叩！叩！

「我等一會再治妳！」湘堤對著門喊，「進來！」

門打開之後進來一個女郎，是溫湘媛。

她手抱著一疊資料，順手關上了門才轉身面對她們。

「呃……」她看了看在座兩人的臉色，有點猶豫地說道：「我看我還是待會再來好了，妳們兩個先溝通好了再叫我進來。」白癡才會繼續待在這裡，她準備馬上離開。

「站住！」藍湘堤喝阻住她，「妳過來這裡，我讓妳去查的資料都查全了嗎？」

湘媛大大歎了一口氣，走到她們旁邊停住。她揚揚手中的一大疊檔案，苦著臉，「查是查了，可是……不能說是查全了，不過我已經盡我所能了。」

「好！」藍湘堤嚴肅地點點頭，「妳到底查到了什麼資料？」

「薩綺是世界上三大化妝品製造集團之一，同時也是頂尖的流行業者……」

湘媛看著檔案唸。

「廢話廢話，這些我們老早就已經知道了！」莎夏忍不住打斷她的報告，在湘堤狠狠地瞪了她一眼之後，莎夏垂頭，「對不起！」

「嗯！」湘媛將注意力移回檔案內容，「這些妳們都已經知道了沒錯，但是，妳們一定不知道，在去年，他們的營業額已經是世界第一了，可以說是業界的首腦。」

「世界第一？」莎夏發出讚歎聲。

湘媛點頭，「是的，所以照道理來說，他們根本沒有理由跟我們搶市場，他們的市場佔有率原本就比我們大。」

藍湘堤凝思片刻，「有沒有可能因爲我們這幾年的市場擴大，佔去他們的市場？」

「我們近年走的都是精緻的路線，強調的是自然的成份，跟薩綺不同的方向，雖然也有往其他方面進佔的打算，但應該還不致於引起這麼嚴重的挑釁才對。」

溫湘媛分析事情後，發現不是那麼簡單。

「關於薩綺集團首腦的資料呢？」

「薩綺集團的老板就是薩奇，這個企業是由他的祖父所創立，傳到他這一代是第三代，而且一代比一代興盛，尤其是從薩奇接手之後，幾乎都要旺得燒起來了。」

「如果跟我們比呢？」莎夏問。

「這很難比較，我們是老字號，是有傳統的公司。」湘媛回答。

「我知道了，妳的意思是……他們是暴發戶。」她笑著說。

湘媛立即否認，「我可沒有這麼說。」

「反正妳的意思也差不多了。」

湘媛懶得跟她爭辯，繼續她剛才的話題。「薩奇非常注重隱私，我找不到他公開露面的資料，這實在很不尋常，可是我查到他最近請來文傲替他拍廣告片，如果是準備對付我們的話，這可能會對公司造成不小的打擊。」

「文傲……」湘堤斜睨著莎夏，「這裡有人吃裡扒外。」

莎夏辯解，「我剛才本來要告訴妳的，只是還沒有時間詳述罷了。」

「發生什麼我不知道的事嗎？」湘媛適時打著圓場。

莎夏沒好氣，「文傲找我拍薩綺的廣告代言。」

「這可能會對我們造成不小的傷害！」湘媛就事論事。

「妳這傢伙居然不幫我說話，還在一旁搧火？」

「妳答應了沒？」

莎夏一臉受冒犯的凜然表情，「我當然拒絕了，溫湘媛，妳這是什麼意思！」

「好！好！好！別生氣，我知道妳沒答應，請問妳見到薩奇本人了嗎？」

「妳不是挺會查的嗎？」她諷刺她。

湘堤隨她們去吵，對於薩奇這個人……她也十分好奇。

「拜託妳，我查到的都是一些妳們不會關心的東西，妳不要這麼小氣可不可以？」湘媛抱怨。

「例如？」

湘媛喪氣，「我只查到他目前的女友是超級模特兒凱玲，薩奇去年就是與她簽約的。」

「他該不是對莎夏有意思吧？」

莎夏評估了一下這種可能性，才緩緩搖頭說，「不！他對我沒有興趣。」

湘媛懷疑，「妳確定他對妳沒有意思？」

「喂！妳今天到底是哪裡不對勁，老是在置疑我的能力，一個男人對我有沒有意思我怎麼會不曉得？」

「那麼……他就是有別的意思了。」湘媛有種奇怪的預感。

叩叩……

推門進來的是蕭湘竹。

「進來吧！湘竹。」湘堤也看見她們的寶貝小妹正站在門外。

蕭湘竹才推門進來，甚至連抬頭看她幾個姊姊都沒有，轉身就要離開，她的直覺太敏銳了。
「慢著！」湘堤叫住她。
「妳這小油條，別想逃！」
湘竹立刻轉回來面對她們。「我……」她將右手藏在身後。
「妳什麼妳？」莎夏注意到她的不自然動作，「妳的右手拿什麼東西？」
「呃……」她支支吾吾的。
「還想藏？」湘媛也插一腳，上前就要搶。
蕭湘竹閃一邊去，急得滿臉通紅，「湘堤會生氣的。」
湘堤站起來伸出手，「我會生氣？那就更要好好見識一下了，拿出來給我看吧！」
湘竹將身後的花束拿出來交給湘媛，然後就逃離現場。
湘媛拿起花束中的卡片看了看，大驚失色地遞給莎夏，接著也逃出門去。
莎夏接下花束，也拿起卡片，「她們是怎麼回事……」她也停住不說了。
現在她知道對方看上誰了。
「上頭寫什麼？」湘堤問。
「妳還是自已看比較好。」莎夏的表情有點尷尬。
「唸出來！」湘堤的臉色已經很難看了。
她爲難地看了看卡片又看看她。「妳確定。」

「快唸！」

「好吧！」她清清喉嚨，「謹將薩綺最新的香水……」她又停下來觀望湘堤的臉色。

該死的她們居然逃掉了，留我一個人面對這個。

莎夏氣死了，現在知道她們爲什麼相繼逃開了。

「湘君……」湘堤發出低沉的警告聲。

莎夏歎口氣才又唸，「謹將薩綺最新的香水『湘堤』獻予藍湘堤小姐。」

然後她將隱在花束中的一瓶美麗的香水拿出來，交給臉色鐵青的湘堤。

湘堤有相應的印度梵名Shanti，是威廉·茹絲凱爲紀念他難忘的女友所命名的，沒想到薩奇居然會知道典故。

香水瓶的曲線有如一個女子，又取名湘堤，有神秘的印度女神感覺。

莎夏納悶，藍湘堤是什麼時候跟薩奇有糾葛的，但這個人示愛可眞是直接強悍又驚人啊！

不知道湘堤可以接受那麼猛烈的愛情追求嗎？

最後，她成爲繼湘竹和湘媛之後，第三個逃離暴風圈的人。

第四章

她再度拒絕他了。

文傲覺得很驚訝，難道是要心機要他記住她嗎？

才剛有這個想法，就被文傲給否決了，石雅立指定莎夏是一種走後門的行爲，只要有點概念的女明星都會把握住這個機會。

她有這麼傻嗎？

想起她那嬌憨的笑容，文傲不由得露出了笑聲。

「幹嘛笑得像隻母雞咯咯叫？」薩奇瞪。

文傲常年累月在外頭奔波，有時是爲了拍片，就算不拍片也忙著到處選景，很少有時間和朋友聚在一起。

不過，只要他回國時，一定會到他的好友家拜訪，其中有一處決不會忘記的地方，就是薩奇的家，通常也被他列爲第一順位的休息處。

他知道近來薩奇正在狂追藍湘堤，因爲有藍小姐幾個妹妹的幫助，有點進展，也許好事將近。

「母雞？你居然把我形容成低等雌性蠢家禽。」

「嘴長在我身上，你管不著。你儘管生氣，輕視女性，小心會得到報應。」

文傲沒回嘴，他根本就沒將薩奇的勸告放在心上。

「你現在忙些什麼？」

薩奇走到廚房泡了壺茶，他倒了一杯給文傲。

「我？」他接下那杯香氣四溢的中國茶，「就忙著新戲選角，主角沒了。」

「哦？」薩奇倒水的茶壺突然停頓下來。「聽你的口氣，好像遇到了困難。」

「嗯！是有問題，石雅立替我指定人選，她又拒絕了我。」

薩奇倒完他自己的那杯茶才說，「被人拒絕是頭一次吧？我還以爲你是無人可以抗拒的萬人迷，你的魅力失效了？」

「你別幸災樂禍。」文傲低頭輕啜一口茶。

薩奇掩不住笑容，「沒想到現在居然還有那麼聰明的小姐，懂得拒絕你的邀約。」

「我不這麼覺得。」

文傲覺得莎夏定是笨得不曉得把握這個大好的機會，才會不接受他的建議。

薩奇見文傲的臉色不定，很好奇，「這個人我認識嗎？」

文傲手中的杯子放低了一吋，「別人我就不知道了，但這個人你鐵定認識。」

「說來聽聽。」

「認眞說起來……她一共拒絕了我兩次！至於其中一次嘛……我想你應該也有一些印象。」

「兩次？」薩奇驚呼，「這怎麼可能？你曾經找過那個人兩次啊！」他睜圓雙眼指著他，「你該不會是說……」

「莎夏！」文傲很坦然地將答案公布，「你的廣告片也被她拒絕，這是她第二次對我說『不』了。」

「你找死啊！」薩奇一急不小心將茶灑出，「竟敢打我未來小姨子主意，你皮在癢了。」

薩奇很緊張，上回不知道莎夏和湘堤之間的關係，他聽文傲建議去找了莎夏代言，犯了大忌，差點讓他的美滿姻緣在還沒萌芽之前就付之一炬，化爲泡影。

「我只是找她拍片而已。」文傲做了個沒什麼大不了的表情。

但這騙不了和他有多年交情的薩奇，「而已？」

「沒什麼好擔心的，她拒絕了我，不是嗎？」文傲再次重申。

薩奇吁出一口氣，「那你打算放棄了？」還是不放心。

文傲想告訴他肯定的答案，但他不能違背自己的心意。

「不！我打算再試試看，說不定能夠說服她。」

他選擇了誠實以告。

「有把握嗎？」

文傲搖頭，注視著沒有波紋的茶杯，他的心卻起了陣陣漣漪。

「她躲著我，所以，薩奇，你得幫我一個忙。」

「你開什麼玩笑？」幫忙？不就是要拿他的感情大業冒險？

文傲的神情說明他絕沒有開玩笑的心情。

「不能跟石雅立商量一下嗎？換個人吧！你別告訴我非她不可，你的電影女主角一向不重要。」

「麻煩就在……我也很中意這個人選。」

薩奇爲難，「說說看，你的目的是什麼？」總不可能玩玩也要幫忙，莎夏是湘堤的妹妹，薩奇雖沒有說出口，但文傲應該瞭解。

「目的？」文傲又捧起茶杯啜了一口，「恐怕連我自己都不知道。」

「怎麼幫你？」

「約她出來，幫我作個說客。」

「湘堤會不高興的，你是有名的花花公子。」

「只是拍一部戲罷了！」文傲又一次地聲明。「我現在沒有什麼打算，也不肯定對她有什麼企圖，只是想找她合作拍一部戲，其他就……靠緣份。」

薩奇委實不好拒絕他的要求，他們是多年的好友，文傲也常常幫他的忙。

「好吧！晚上有個餐敘，你一起來，但我不保證會成。」

「謝了，你只要讓我見到她，剩下的我自己想辦法。」

深夜，優雅的女孩飛車馳騁過充滿光亮的城市，速度同時體現她此時的心情，憤怒和急燥同時充斥在她心中。

莎夏驅車直往山上林蔭大道的石家豪宅，一路通行無阻，安全人員見她的車經過大門時，就敞開大門迎接她直駛而入。

停下車，莎夏甩上車門，抓著包包就往裡頭衝。

「石雅立！出來。」

石雅立站在二樓往下看著廳內怒吼的莎夏，臉上帶著一貫的微笑，面對一個瘋狂發怒的女人，他仍然可以保持平靜和安詳的表情，猶如面對記者的詢問一樣。

「怎麼了？」

莎夏衝上樓梯，直到與他面對面。

「你發什麼瘋？爲什麼指定我跟你配戲？現在我在休假，我不想拍電影，何況……我有多討厭文傲，你難道不知道？」

「原來是這件事。」

「石雅立，你居然這樣害我？」

「多少次我被你害得讓全校女生追殺？」

「很抱歉。」

「多少次我揹著黑鍋假裝是你女友，緋聞多得讓我到現在無人問津？」

「很遺憾。」

「你還敢說，這些我都沒跟你算過，你不感激我就算了，今天還這樣害我，推我下火坑？」

他嘿嘿兩聲，轉身往回走。

「你站住，我在跟你說話。」

「有什麼話等進來再說。」

莎夏才剛結束與薩總裁的餐敘，自從知道薩奇傾心於湘堤之後，莎夏和妹妹都很中意這個人，決定幫助他成爲未來的姊夫人選，讓湘堤和薩奇成爲一對有情人。

而在姊妹們的明助和推波助瀾之下，原本對於薩奇追求很反感的湘堤，漸漸與薩奇走到了一塊兒。

今晚，莎夏與湘堤赴約時，卻來了一個不速之客。

薩奇帶了他的好友文傲一同前來。

席間，文傲提到他新戲選角的難題，還在言語間下套讓她跳，莎夏因爲一直在文傲面前裝笨，結果今日得到了苦果。

加上她現在沒經紀人在她前面替她緩衝，一下子又無法堅決拒絕擔綱，這時才從文傲口中知道是被石雅立「推薦」，但她覺得就是被「陷害」，氣得立即怒火衝腦。

雖然莎夏並不知道雅立是發什麼瘋，一出餐廳，她還是立即往石雅立家裡猛衝，要一個合理的說法。

莎夏跟著他走進錄音室。

石雅立剛才正在工作，進了錄音室，他走到鍵盤前坐下，雙手飛快地在上頭彈出一連串的琶音，再移動滑鼠，按鍵錄下，又重新再彈一遍，不一會兒，電腦上就顯示出他所彈過的音階和音符長短，樂譜轉瞬間就在螢幕上出現了。

石雅立按了播放，原音重現，一個音符也不會少，一個節拍也不會錯。

「湘君，妳看看，現在科技眞方便，省了好多時間。」

莎夏瞇緊眼觀察他。

現在是什麼狀況？

石雅立居然也會顧左右而言他？

這不像他。

「發生了什麼事？」

「他回來了。」

他？

「宋成寬，他回來了。」

莎夏震驚地停住。

「他回來關我什麼事。」莎夏雖然嘴硬，但發白的臉色透露出她眞正的心情。

石雅立停止彈奏的動作，這錄音室隔音本來就好，一時之間，室內變得靜如死水。

「他是回來找妳的。」

是她年少的慘痛回憶，宋成寬和石雅立一樣，都是同校的學長，她曾經只要他一個笑容，就覺得上了天堂，而且……

他也曾讓她直墜地獄。

年少的感情最爲傷人，也許清純可人，但影響卻是深遠。

「他不在家裡和田思云好好過日子，跑來找我做什麼。」

「他來找過我，他說他後悔了，他覺得當初不管怎麼樣都不應該放手的，只要他好好求妳，妳一定可以諒解的，另外因爲我最近緋聞不斷，他覺得還有機會把妳搶回去。」

莎夏想起那些淚濕衣襟，一夜無眠的痛苦日子，不由得苦笑。

「眞是笑話，如果能夠說一句後悔就能改變事實，那不就可以隨心所欲，殺人如麻也沒有負擔？」

「聽妳這麼說就知道妳還沒忘記他，他傷得妳太深了。」

「他再怎麼好，我也不可能介入別人的感情，當第三者。」
「我也是這麼回答他的，但他回我的話也很精采。」
「他說你什麼？」
這回換雅立苦笑了，「說我還不是讓別人當妳我之間的第三者，我無言以對，羞慚萬分啊！」
「居然還有臉指責別人。」
「算了，他不知道眞正的情況。」
當年宋成寬訂婚後還癡纏著，痛苦的莎夏找了石雅立當擋箭牌，宋成寬見到石雅立之後，在他閃亮的外表和殷實的背景之下，無奈退避。
宋成寬認輸，那時也只有雅立的各方面條件才能說服得了他，不然他不願意放棄莎夏。但是……
時間過去，他覺得後悔了。
「宋成寬跟你指定我接文傲的新戲有什麼關係？」
「嘿，本來我是不想接戲，我的個性安逸，拍戲實在太累，但成寬都找上門，我這人就是不能被激，他跑來向我下戰帖，我就想，這麼多年被妳當成戰甲披在身上，都有點習慣了，總不好現在半途而廢丟下妳不管。但文傲逼得緊，以我跟他的交情，眼看就快推不掉，可是我進了片場要怎麼護住妳？於是我靈機一動，不如我們就一起進片場拍戲，一方面幫妳避開宋成寬，另外也省了些事。」

「終歸是一片好心？」

「那當然。」

「什麼時候轉性了，我怎麼不知道。」

「我這是頓悟。妳也不想想，妳這花容月貌不知道幫我擋了多少桃花，我突然想通了，這世上是有天理的，我這就算是好心有好報。」

莎夏傻了。

「怎麼你說是頓悟，我卻有造孽的感覺呢……」

為了避開宋成寬而投入文傲的新戲拍攝會是對的抉擇嗎？

莎夏想起自己與文傲之間的糾纏，她最初幼稚的對應。

在文傲面前隱藏住真實的自己，如果長久共事會被拆穿吧？

文傲就像是驕傲的帝王，當發現被耍時，要是怒氣爆發也許會更不可收拾。

而他也不像她原先設想的那麼無知，她隱隱有些不安的感覺，心慌得很。

今天晚上，她在將車交給泊車小弟時，只預期一個家庭式的聚會。當她順手將小費遞出，並和姊姊一同走進去時，卻看到那個令她心頭一跳的人。

「不好！」湘堤低聲地叫。

「怎麼了？」

「妳不會相信我看見了什麼人，如果薩奇和這個有關係，我要殺了他。」

「什麼事這麼嚴重。」

莎夏平常果斷，連腳步也是，速度一點也沒緩下。

湘堤先她一步趕上前。「我看見文傲和他坐在一起。」

「文傲？」

薩奇見到她們，立即站了起來，文傲當然也不例外。「嗨！看我運氣多麼好，出來轉轉也可以碰到老朋友和美女用餐。」

原來是巧遇。

「兩位美女，妳們介意讓我參加嗎？」文傲照剛才薩奇交代地這樣招呼著她們。

「當然不！」湘堤的臉上看不出她眞正的感覺。

「你說這是什麼話，把我們當成什麼人？」

這個時候，這樣的應對必然是標準的答案。

文傲替莎夏拉開椅子。「請坐！」

「謝謝。」她對他微微綻開笑容。

兩人目光對視，他那專注的眼神，一時竟讓她起了恍惚的感覺，現在莎夏明瞭，爲何女人喜歡文傲陪伴，他的魅力無遠弗屆，殺傷力極大。

湘堤也在男士的服務下輕緩落座。

「文傲，你不是應該開始忙了嗎？怎麼會有空閒出來？」

文傲對湘堤微笑，「沒辦法，我找不到合適的女主角來拍，所以只好緩些時候再進行。」

「找不到？」

「是啊！」

「這可是令人驚訝了。怎麼可能。」

「原本我是希望能請到莎夏，」他俏皮地眨眨眼，促狹地說，「但不知道是不是酬勞太少，還是不喜歡跟我共事……」

「哪裡的話。」莎夏打斷他。

她不喜歡這個話題進行的方向，有種不好的預感。

「不然是什麼原因呢？」

「你這麼說就太見外了，因爲正好有事排不出時間來，要不然誰會放棄這麼好的機會呢？」她找個藉口塘塞，倒也是冠冕堂皇。

「哦？這樣就太令我高興了。」倒有些不信的感覺。

湘堤替妹妹緩頰，「這都怪我不好，因爲我請湘君當新產品的模特兒，到時候要她配合宣傳，不能隨你們四處拍戲，才讓她喪失了這個大好的機會。」

「這麼說起來，眞不是因爲我的關係囉？」

「當然。」

「我還以爲是湘君對我有偏見才不願意接我的工作。」

「胡說什麼。」被說中心事的湘君臉上潮紅一片，忙著低下頭去掩住自己的神情。

「怎麼會呢？你完全想歪了。」湘堤說。

「那太好了！」文傲傾身上前，肩都貼近莎夏，近得讓她可以感覺到他的體溫，有種壓迫感。「莎夏，若是我能配合茹絲凱的宣傳期，那就不必另尋女主角了。」

湘君大驚。

什麼時候聽說過文傲會「配合」女演員的檔期的？

「這……」

文傲執起湘君的手，一雙眼亮閃閃地發著光，「反正我這回也不打算出國去拍，搭景的基地在國內，拍攝都不必出片場，所以這並不構成問題，就這麼說定了。」

他緊握著她的手，體溫由小小的接觸傳到湘君的心中，她由他堅定的抓握中可以感受到他的決心。

她呼吸窘迫，輕掙開他的掌握。「可是……」

「我們一定會合作愉快的。」

文傲用餐巾按按嘴角，而後將餐巾丟在桌上，似結束了這段談話。

「文傲我……」

「回頭我再找妳談合約的事，劇本也準備好了，就等妳答應馬上就能開拍，我們很快就會再見了。」

他的強勢讓她有壓迫感，甚至可以說是恐慌，這也是她會直奔雅立家的原因。

雖然隱藏了自己的眞性情，以爲自己是聰明的獵人，但和文傲在一起，又有種被獵的感覺，分不清誰是獵食者。

莎夏下意識想要避開這個人，但文傲卻慢慢纏進她的生活中，從雅立、從薩奇、從湘堤身上，一步步地接近她，宛如宿命的操控，她雖不信命，卻又掙扎不出那未知的漩渦。

而宋成寬居然又在這個時候出現。

原本以爲雅立要了她，莎夏沒想到卻是因爲宋成寬，這麼多年來，她和雅立互相掩護，莎夏受傷的情感也一直躲在雅立龐大的羽翼下療養，雅立像是親人一樣不求回報地護著她，而受傷慘重的莎夏也無力多想，只是默默地接受他的好意。

她沒想到會再聽到那個人的消息，而雅立在宋成寬找他時也沒有告訴她，那個人……憑什麼在這麼多年來還想來動搖她？

「莎夏，時間晚了，妳就別回去了，去客房休息吧。」

「我可以開車回去，就住附近的別墅。」老爹在附近也有一棟別墅，她可以住一晚上。

「那裡沒什麼人不是嗎？妳情緒不穩，夜裡不要開山路，讓我擔心。」

「我……」

「好了，妳去休息了，我要繼續工作，不要吵我。」

雅立埋頭工作，忽視了莎夏存在，她無奈只得轉身退出，煩惱千頭萬緒。

第五章

李宏正在向文傲報告颱風過後，拍攝基地的損失。

「有些景片被颱風吹壞了，幸好之前有做好準備，該綁的全都綁了，損失還不大，不過還是有些佈景要重搭和修理。」

「要修理多久才可以開工？」文傲只關心這個。

「等雨停地乾了之後動工，應該要二個星期以上。」

「一個星期，不能再多了。」

不是沒有主角嗎？那麼趕時間做什麼？李宏在心裡嘀咕著。

「但有幾個景要重搭，損壞得比較嚴重，可能跟不上進度，再加上我們搭景的顧問蕭一閣教授出國參加研討會，要二個月後才會回來，重搭的景還要讓他確認，時間眞的來不及。」

文傲想了想，「你請他介紹替代人選，我們需要人應急。另外，你安排一下拍攝的進度表，把要重搭拍攝的場景延後集中拍攝，先拍其他的，不要再誤了時間，保險公司會有意見。至於其他落後的進度，多請一些人，日夜兼程，要他們趕工做好。我們要準備進場了。」

李宏驚訝了，「主角搞定了？」

「放心，雅立很夠朋友，知道我們面臨的問題，也不好再推了，我跟他說好，要他空出檔期和時間，他會鼎力相助。」

沒人會去懷疑文傲的說法，他知道那位超級巨星和文傲的交情，也許是物以類聚吧？這些罕見的怪物才會互相欣賞和成為莫逆。

「導演，這個你看一下。」他拿出資料夾交給文傲，「前面停拍的損失初步計算已經有了結果。」

「嗯，律師處理得怎麼樣。」

文傲是導演兼製片人，因為也是出資者，所以連製作也是他控管。

「正在進行求償與和解，後續有進展會再向您報告，因為是前期，但保險公司也已經派員進駐，之後由他們接手。」

「好，我明白了。」文傲擺手送客，「夜深了，你也累了，早點回去休息吧。」

他的住所在市中心的華廈摩天大樓，文傲喜歡自窗內往外看，頗有君臨天下，俯瞰整個城市的遼闊感。

「女主角是……」李宏欲言又止。

「莎夏。」

「她答應了？」

「對，應該沒有問題。」

文傲惜字如金，沒有多解釋。

李宏也只好告辭離開，不再多逗留。

月明星稀，路燈夾在城市裡的公路旁，像是燦亮的星夜銀河蜿蜒，時不時車輛疾駛而過，閃過的車燈猶如流星隕落。

今夜的莎夏又是什麼心情呢？

席間雖然笑語不斷，氣氛也相當融洽，但文傲沒有忽略一開始她驚訝的表情。

那雙小鹿般的大眼漾著水氣，令人心憐，但又似乎隱含著恐慌？

她怕他嗎？

文傲確定莎夏對他有某種吸引力，但她現在身邊有雅立，而他身邊有席琳。

他跟席琳的關係已經走到末端，這次選角她力拼上位卻失敗，兩人之間的關係早就陷入緊張的境界，再深刻的感情也禁不起一再吵鬧，何況他跟席琳之間的感情原本就建立在薄弱的基礎上。

對聲名和美貌的依賴以及財富的信仰，是世上最現實也最脆弱的基礎，要是被打破就失去立足點，也許會讓人陷入無盡的深淵，而他跟席琳目前就如履薄冰，當溫暖的陽光出現，那塊立足的冰就將碎裂。

莎夏會是他溫暖的陽光嗎？

文傲不知道，但他喜歡莎夏嬌憨的笑容和溫順的個性，就算不聰明，對文傲來說，也無損於她的完美，他本就不喜歡太過強勢和聰明的女性。

她爲什麼會跟雅立在一起呢？這件事造成他困擾。

雅立也是花名在外，像莎夏這樣的美女怎麼可以忍受？除了雅立以外，她並沒有緋聞，他們之間的關係也像是定了一般，雅立再怎麼在外頭胡鬧，最後還是會回到莎夏身邊。

文傲曾經試探過雅立，他很驚訝石雅立的語氣中並沒有強烈的占有慾，莎夏對他的意義到底是什麼呢？

也許落花有意，流水已經無情？莎夏在看雅立的目光中隱含著信任感，信任是男女之間感情最困難的一部分。

而石雅立能博得信任更是極爲諷刺，但文傲確信自己並沒有看錯，但莎夏爲什麼會甘心在這種狀況之下，他怎麼也想不通。

他拿起電話撥了李宏的手機，算算時間，他應該還沒到家。

「李宏，莎夏的合約準備好之後告訴我。」

這幾天莎夏都住在山上的別墅裡，秋天已經到了，山上變得有些涼，到了冬天更不會有人上來住，別墅是空的，只有請清潔公司定期過來打掃，平常是空無一人，但離雅立的住處不太遠，他偶爾會過來看看她，平靜的生活很適合目前想沉澱心情的她。

照理說天上掉下一個女主角的位置，她應該要高興才對，但想到宋成寬，又想到文傲，莎夏很難有雀躍快樂的感覺。

文傲那方的製片很有效率，合約也已經進入最後往返的時期，只剩下簽約了。

爲了避開宋成寬，她要跟文傲朝夕相處，這個決定會是正確的嗎？想到文傲時，他那野性的眼神彷彿就在眼前，令她的心跳加速，情緒失控。

叮咚！

當門鈴響，莎夏三步併作兩步去開門。

「這個時候誰會來？」

是快遞吧？她今天請李宏將已經用印的合約寄到這個地址來。

「文傲？」當看到影像時，她驚喊。

片刻，文傲就站在她的面前，手中捧著一疊文件，面上帶著笑容。

莎夏驚訝地忘了請他進來，只在門邊怔著看他。

文傲並不需要別人邀請才懂得進門，只見他將手中捧的文件全放在一手，空出一隻手來環住莎夏的肩，半摟著她進了大門，還很自動地將門給反扣上。

「呃……我們該往哪兒去？」文傲似笑非笑地瞅著她。

雖然態度很自然，但這畢竟不是他的家，他也是第一回來。

「喔。」

莎夏懷疑他的心裡究竟在想些什麼？

隨即，她便拋下了震驚的心情，笑著對他，「我沒有想到你會過來……」

「大家都忙，就我有空，我剛好又要到附近，就把合約和文件送過來。」

「都忘了招呼你了，來！我們到客廳去。」

她走步極快，想藉以逃脫文傲環擁住她的手臂。

不論如何，他們之間的交情和火花都不適宜太靠近。

但文傲的手卻牢牢地箍住她，不讓她有得逞的機會，她只好任他擁著她進入客廳。

她在他懷中旋身仰望著。「怎麼不叫快遞，你怎麼知道我會在。」

她雖沒有刻意作出表情卻仍風情萬種，文傲忍不住用手拂過她的秀髮，感受那絲一般的柔軟。

「我自有我的辦法啊！我不是說過會再來找妳的嗎？」他低柔地說。

其實只是碰碰運氣，文傲願意在莎夏身上花時間。

莎夏苦笑，委婉地握住他環在她肩上的手，將他從自己身上移開，後退至一步之遙才開口。

「想喝什麼？我替你泡杯茶來好嗎？」

「謝謝！」文傲頷首。

莎夏轉過身走開，即使不看他，她仍感到背後有一股燒灼的目光。

走進廚房，她將手輕撫胸口，似乎這樣就能平順她狂猛的心跳，深呼吸數下之後，她打開上頭放茶葉的櫃子，拿出茶葉替他泡茶。

她到底怎麼了？

文傲不也只是一個男人而已嗎？她又不是沒看過他，為什麼這麼心神不寧呢？

端著香氣四溢的茶盤，莎夏將茶具一併捧到文傲的面前，她持壺倒了一杯清瑩的茶水，奉到文傲的手邊。

「請用茶。」她細柔地吐出氣來。

他的手似有意又無心地掠過她的手。

她一驚，一個不穩將茶湯灑出，濺了一些到文傲的白色襯衫上。

「天！」她驚喘一聲，「對不起，你看我笨手笨腳的……」

她怎麼老犯這種錯，想上回跟文傲第一次見面，也是將紅酒潑在首璽集團的大老相里逵身上，而當時文傲的表情可冷得嚇人。

而且還對冒失的她說了幾句不好聽的話。

看她急得臉色都變了，文傲沒來由地心一緊，「沒有關係，只不過是弄髒了一點，隨便擦一擦就掉了。」

可能嗎？他的態度丕變，突然變得那麼和善？

「不趕快擦就擦不掉了。」

以莎夏對服飾的特別認識，文傲身上那件衣服若不迅速處理就報銷了，絕對不像他所說隨便擦擦就可以。

衣服她是可以賠，但文傲不會接受她的賠償吧？

再度怨歎自己的粗心大意，莎夏拿來面紙，埋頭在他胸前擦拭。

可惜沒什麼重大改變。

「文傲……不如你脫下來讓我稍微處理一下好嗎？等我弄好……你再送洗就不會造成太大的傷害了。」

文傲愣了三秒鐘，這是一種暗示嗎？

如果是別的女人對他說這種話，他絕不會不知道該作什麼反應，但莎夏應該不至於吧？

「不用了。」

莎夏也發覺剛才自己發言的曖昧，臉似火般燒燙。

天哪！她叫他在家裡脫衣服，他一定以爲她是豪放女，也許認爲剛才用茶潑他的舉動是一種計策。

天哪天哪天哪！她實在不想活下去。

看見她一臉羞愧地垂下頭去，文傲改變了主意。

「好吧！」他一顆顆解開他的扣子，眼睛沒有離開過莎夏的臉上，「就麻煩妳替我處理了。」

他脫下襯衫拿給莎夏，在她面前裸露著上半身。

她的頭低著快垂到胸前了，看也不敢多看一眼，接下襯衫口裡喃喃地唸著一些抱歉的話，就急急忙忙往後面衝。

所以，她看不見文傲的笑意，也察覺不到他的改變。

他不得不感到驚奇，文傲以爲擔任那麼久的模特兒已經不會害羞，她應該已經習慣有人在她面前裸露身體。

文傲替自己倒了杯茶，靜心地等待莎夏的出現，一邊觀察這裡的地理環境，這個地方離市區稍遠，安靜且偏僻，一個女孩子可能要很膽大才能獨居在此處。

「我弄了一會兒，但是你最好等它乾了才穿。」

莎夏拿著他的衣服走出來，手邊還多拿了一盒面紙。

「不用介意。」

他仍是那句話，一件上衣在他心目中根本算不了什麼。

莎夏在文傲正前方坐下，心裡只想離他遠一點，好避開天災人禍，她用面紙吸乾衣服上的水漬，好的衣服不能烘乾，她現在只好土法煉鋼，用擦的。

「這是要給妳的劇本。」

他將文件放在她桌前，因爲她明顯地忙著弄乾他的上衣而沒空接東西。

「哦？」

「還有合約。」
「謝了。」她取一疊面紙蓋在衣服上，然後將劇本拿起來，迅速地翻看了一下，再將它放回桌面，迴身將衣服上浸濕的面紙換了下來。
「妳看完了？」他問。
「嗯。」湘君沒有提防地回答道。
「這麼快？」
莎夏一驚，這才發現自己露出了馬腳，讀寫和背誦都是她的強項，但她平常一副傻大姊的模樣，不太讓人知道她有速讀的本事。
她心虛地搖頭，「不是，這劇本我晚一點再看。」
「這樣。」文傲微笑。
「你會不會冷？」湘君澀澀地笑笑，「我拿條毯子給你吧？」
「沒關係。」
其實毯子是她需要的，因爲一個養眼裸男在眼前，實在令人心慌意亂。
她摸了摸那件襯衫，好像差不多乾了。
「呃，這個已經可以了，你要不要現在穿上它？」
和一位性感的半裸男子共處一室壓力極大，還是改變一下她的處境會好些。
「好啊！」
他接受建議，但卻不是如莎夏預料伸手取走她手中的衣服，而是站起來坐到她身邊來將就她拿著衣服的手。

要替他服務？

尷尬了，湘君的手冒著汗，但惹禍的人是她，只得硬著頭皮地爲他穿上襯衫，她顫抖的手幾乎扣不上他胸前的扣子，那輕柔薄細的質料幾近在她的手下燃燒了起來。

文傲看著她努力地和那幾顆扣子奮鬥，心中頓時柔情洶湧。

莎夏甩甩擋住她視線的頭髮，不料細柔的髮絲卻纏繞上文傲的襯衫扣子，湘君發出挫敗的歎息聲，手忙腳亂地想把頭髮和文傲的扣子分開。

「別急。」

他湊上前來，挑逗地抬起她嬌俏的下巴，當兩人目光對視膠著，文傲低頭給她深深地一吻，他的唇柔軟帶著點涼涼的感覺，被吮住時，莎夏只覺昏沉，她直覺伸手往前揮，卻被文傲趁勢抓住，他反手將她的手腕扣在頭頂，莎夏想要向後退開，但糾纏不清的髮絲卻將他倆繫在一塊兒。

「莎夏……」他呢喃著。

她略微地退縮一下，文傲堅定而溫暖的唇是一大誘惑，她對自身深沉的渴望感到莫名，湘君輕輕地顫抖起來。

「冷？」

莎夏被自己嚇到了，被文傲對她強烈的吸引力給嚇壞了。

「不。」她結結巴巴地。

另外，她用已脫出文傲掌握的手伸到兩人之間，急急忙忙地想把纏在文傲身上的頭髮扯斷。

「別……」他握住她急切的手，別有用意地說，「別將它扯斷……」

她停住了，雖然不知道爲何自己變得那麼聽話。

文傲抓住莎夏的手環在他的腰間，強迫她抱著他，而眼睛直視著她不放，其中閃著熾烈的火焰。

「讓我來。」

他低沉地的聲音像是有魔力，她只好任由他解開他們之間的一團亂，但莎夏已有預感，這團亂絲可能會牽扯得解不開了。

他將額頭棲靠在莎夏頭頂，近得讓她可以感受到他的呼吸吹拂在她的肩頸，文傲的手很巧，不多久，他就解開了髮絲的糾纏，迅速地扣上他所有的鈕扣，但仍沒有意思要放開她。

她想躲，伸回她碰觸他溫暖身體的雙手，文傲箝住了她。

「別躲。」他的聲音像在她耳邊歎息。

「什麼？」她假裝聽不懂他的暗示，將手臂伸直推開他至一臂距離。

他專注地盯著她的臉，想進一步靠近她。

剎那間，她竟不知道該作些什麼阻止他才好，或者……

她根本不想阻止他。

叮咚！

門鈴適時地響起，衝破了兩人之間親暱又曖昧的氣氛。

「我……去開門。」她匆匆地離開。

鈴聲響得很急促，可見來人的耐性並不很好。

「來了。」

她還沒開門，門就自動開了。

「那麼久還不來開門，我就拿鑰匙自己開了。」

石雅立正大包小包地站在門邊。

「有鑰匙為何還按電鈴。」

「東西很多，」他舉起手上的東西，「我送晚餐來！」

老天！今天是什麼日子？

莎夏不敢回頭看文傲的表情，她知道現在這情況有多麼難以解釋。

發現她不自然的僵著，「怎麼？妳不高興？我特地拿東西來答謝妳上回陪我……」他看向莎夏的身後。「呃……文傲？你怎麼會在這兒？」

文傲就站在她身後不及五尺的地方。

他的臉色變得冷冽，聲音也不復剛才的溫柔，只是淡淡地對雅立說，「怎麼你能來的地方……我不能出現嗎？」

莎夏一聽差點沒吐血，他把她這兒當做是什麼地方？每個人都可以說來就來嗎？

「我不是這個意思。」雅立看出了苗頭不對，「我帶的東西夠我們三個人吃的。」他估算著他手中的食物。

「不用了，」文傲斷然拒絕，「我來的目的已經達到了，現在要回去，很抱歉打擾兩位了。」語氣中帶著諷刺意味。

莎夏一聽氣得不想做任何解釋。

要走就走！

「那麼……再見了！」

文傲出去時甩上門。

「他關門的聲音好像大了一點。」雅立笑笑。

莎夏現在可沒有心情開玩笑，於是雅立識相地拿東西進來，再也沒有多嘴問一個字，聰明人不會自討沒趣！

莎夏紊亂的髮絲和文傲無故對他發的怒氣，已經使得一切都不言而喻。

第六章

年少的感動愈是銘心，傷害也是刻骨。

莎夏小時候長得並不漂亮，她的出生是年幼無知父母激情的悲劇，家裡不寬裕，可能因爲沒人細心照料的關係，有些營養不良，面色青白，四肢瘦長，臉頰沒什麼肉，並不是一眼就很討喜的模樣，跟現在的天姿絕色相距甚遠。

雖然長得不起眼，但莎夏卻有過目不忘的能力，五感又強，尤其是聽力，她可以聽見很細微的聲音。

而這些能力對於一個老是在吵鬧家庭生存的小孩更是折磨。

如果不乖就送走妳。

送給別人養吧！

自己都養不活了，還顧得上誰。

這是她父母最常掛在口中的幾句話。

後來他們也眞的這麼做了。

貧賤夫妻百事哀，本來就缺乏感情基礎的小夫妻，在生活的折磨之下更是缺乏情義，而生活對不值得的人總是殘酷，他們也不掙扎，就任自己墜落至底層，並將惡果推到他人身上，在他們看來，孩子就是拖累他們的起因，當然不避孕的對方也是罪人一個，不過……

分手當然也要把孩子處理掉。

所以當聽見有研究機構專門針對有特殊能力孩子做超自然能力研究時，這一對夫妻就興沖沖地把孩子送去。

但小莎夏哪有什麼超能力？

他們僞造了琳瑯滿目的履歷，愚蠢得以爲可以騙過研究人員，想著可以拿到的酬勞和甩開的麻煩，還自認聰明絕頂。

但威廉・茹絲凱在第一眼看到那個可憐兮兮像失怙雛鳥的孩子，心就軟得一塌胡塗，她倔強的眼中隱含著淚水和恐懼，當他看進她眼底卻仍清澈見底，沒有受到任何污染。

於是他默認了欺騙。

再過一陣子，這個姓湯的小女孩就成爲他的女兒，變成莎夏・茹絲凱，他是花了一點錢，他們也以爲獅子大開口了吧？但威廉願意。

如果貪婪的湯姓夫妻知道威廉願意爲莎夏出上更多的錢，可能會極爲後悔。

而長大後的莎夏立誓不再讓自己陷入悲慘無助的境界，在很多的場合她都保留了「湯」這個姓氏，就是爲了記取教訓。

今天，莎夏跟養父約在「梅心」用餐。

「梅心」是一家歷史悠久的法國餐廳，莎夏小的時候覺得「梅心」等於「沒良心」，因爲收費昂貴驚駭了她小小的心靈。

在這裡吃幾次飯能買幾個小女孩啊！（無誤）

當她把想法就這麼直爽地講出來時，而且是眾目睽睽之下，讓當時還是「綺年玉貌」的威廉老爹頓時尷尬起來。

社會再怎麼開放，人心還是險惡，聽到這些話，難免有人會想到戀童變態。偏偏他不是他不是他不是他不是……（就算是，也沒人想被知道，何況他那麼純潔，又怎麼願意他的心肝寶貝女兒們被人閒言閒語。）

孩子們懂事，長大以後，也不常在外人面前喊他爸爸，作風也跟父親一樣低調，這讓威廉避開很多解釋上的麻煩。

偶爾看到八卦雜誌亂寫一些豪門秘聞牽扯到她們，威廉就會非常憤怒，這也養成這四姊妹平常低調的習慣，不想讓父親心煩。

莎夏走到梅心餐廳的櫃台，櫃檯是工作二十年的陳經理，也算是從小看著她長大，見到她露出一個熟悉的笑容。

「湘君小姐，妳遲到了。」

「陳阿姨，我爸已經在裡頭等了？」

「是啊，來了好一會兒，妳等等，馬上有人領妳進去。」

入口有一片美輪美奐的水族箱，莎夏退至一旁等待，欣賞著五彩的游魚和水草。

在等候領檯的時間，一個身材嬌柔，穿著繁複設計禮服的甜美女郎從門外緩緩走近。

「歡迎光臨，小姐，請問您訂位了嗎？」

「嗯，等一下，我等個人。」

在陳經理輕聲問候之後，那個回應聲卻讓莎夏驚駭地抬起頭來。

和田思云在這種場合重逢，是莎夏怎麼想也想不到的。

「學姊，好久不見。」

她嬌膩的聲音更是讓莎夏還沒吃飯就覺得反胃。

「宋夫人，妳好。」

這個回答夠疏遠了吧？莎夏不想跟她裝熟。

田思云是富家千金，出現在「梅心」這種地方也不奇怪，雖然以前沒有跟她「巧遇」過。

但她不是早幾年跟宋成寬雙雙出國了嗎？現在雙宿雙飛又回來？

既然是夫唱婦隨，那宋成寬還去騷擾石雅立做什麼？

田思云面對莎夏冷淡的表情，眼中旋即泛起水霧，「學姊，妳是不是還在怪我？」

這麼會演，不去演戲眞是可惜了？

如果是以莎夏當年的脾氣，這句話就會衝口而出，但現在眞正準備去演戲的人可是她，她才是專業人士。

年少無知的時候，田思云可沒少讓她吃虧，教會了她不少東西。裝作一派天眞隱身在宋成寬和她的身邊，動不動就一副楚楚可憐的樣子，時不時放支冷箭射向大剌剌的莎夏，讓她明明即將流血至死還當田思云是大大的好人。

當發現眞相時，她恨自己怎麼沒死啊！

不過，莎夏現在沒那麼嫩了。

「哪裡的話，田小姐指的是什麼？」

她總不會在大庭廣眾下把自己當小三搶人男友的事情說清楚吧？

身邊的陳經理眼神中帶著好奇。

是的，愈多人觀看，田大小姐就演得愈起勁，眼看著淚水盈盈，快要掉落眼眶。

「怎麼了？」

宋成寬進來時，看到的就是這麼一個影像。

「湘君？」

該來的人總是會出現。莎夏面無表情地轉身，「宋先生。」

宋成寬變化不大，頂多是成熟了點，眼角多了幾道紋路，打扮正式了，看起來很成功，一副英俊的社會菁英模樣。

左邊是前女友，右邊是楚楚可憐的現任老婆，莎夏倒要看看宋成寬怎麼做，會衝動出來護妻？以前田思云只要使出這招，宋成寬就會對還是女友的她耳提面命。

湘君，不要老是針對思云好嗎？我跟她沒什麼的。

現在想起來都覺得好笑。莎夏也真的笑起來了。

還是宋成寬會顧及面子裝作沒這回事，雖然田思云看起來是受了委屈。

「妳也來吃飯？」宋成寬說了一句平淡的話，無從判斷他的心情和想法。

但在餐廳遇見說這種話，倒是有些蠢，尤其像他這種玉樹臨風，風采迷人的男人說出蠢話，更是效果驚人。

莎夏笑了笑，沒有正面回答，反而轉向陳經理，「我說陳阿姨，來你們這裡的人都是做什麼的啊？」

陳經理掩嘴笑了笑，很聰明地不置一詞，對前來領檯的侍者說，「帶莎夏小姐去她的座位。」

莎夏才走了幾步，聽見宋成寬的話卻不由得腳步停頓。

「你好，文傲先生訂席，麻煩帶我們去包廂。」

「請跟我來。」

文傲也在這兒？

宋成寬是建築師，跟文傲扯得上什麼關係？

難道人要是倒楣，就算是平行的線，也會纏成千絲萬縷糾結成團？莎夏心裡浮上這麼一個想法，帶著哀怨的無奈。

雖然先走一步，但她可以感覺得到田思云和宋成寬的目光。

領檯帶位至威廉訂的位置，他一向不愛訂包廂，這是他的習慣。

威廉老爹每回帶著女兒出門，就恨不得向所有人炫耀他漂亮乖巧的女孩們，坐在包廂內如同錦衣夜行，沒人看到，當然也不能滿足他的「虛榮」心理。

莎夏在父親面前落座，從眼角餘光能看到田思云得意的表情。

田思云爭勝心很強，這次巧遇她認為自己大獲全勝，先是帶著宋成寬表演出伉儷情深，再來又有名人設宴，光是在餐廳的位置，她就心滿意足，覺得打敗和名不見經傳的外國佬一起用餐的莎夏。

宋成寬不動聲色地偷看著與莎夏共餐的外國人，年紀有些大，但莎夏和他的舉止親暱，互動也極為自然。

他們是什麼關係？

「沒想到學姊現在挑男朋友的範圍愈來愈廣了啊！」田思云冷不防來這麼一句。

「閉嘴。」

「怎麼？事實擺在眼前，我說一兩句你就心疼了？」

宋成寬不再多說，他不想在外頭與她鬥嘴。

一個人再怎麼心機重和隱忍，也不可能瞞一輩子，他終究是看清田思云的真面目了，只能怪自己笨，陷入了對方的陷阱，和心愛的人漸行漸遠，後悔莫及。

但最近他經常想起自己指責莎夏欺負小學妹田思云的往事，原本清明的心卻讓悔恨矇上污濁的顏色，後悔和氣憤在他閒下來的時候不住地折磨他，連帶著影響他與田思云的夫妻生活。

無疑的，他們是一對怨偶。

門當戶對、互相怨懟，卻在表面上維持一個恩愛夫妻的假象，欺騙世人的眼光。

看著嬌小的田思云施施然離開，莎夏突然有回到從前的錯覺，那種覺得自己又笨重又醜陋巨大的感覺。

在學生時代，田思云總有辦法用一些語言讓她覺得自己是個怪獸，與這個世界格格不入。

「莎夏，妳今天可愛極了。」威廉從不吝於稱讚自己的女兒。

「老爹當然這麼說。」

威廉很驚訝，莎夏居然不知道自己有多美麗，偶爾有遊客經過莎夏身邊，都投以驚艷的目光，她難道看不到嗎？

就連他也想像不到，當年帶回來的小小雛鳥，在羽翼豐滿之後，竟然成了一隻美麗的鳳凰，而他可愛又美麗的莎夏，竟然看不見自己的美麗。

在很多時候，她都覺得自己還是當年被丟棄的小女孩，毫無可取之處，自卑到了極點。

她在青澀的青春期過後開始展現她獨特的美麗，也開始她的模特兒生涯，先是在一些平面雜誌上客串，後來走秀。

威廉雖然不希望女兒那麼早就拋頭露面，但認爲莎夏打工賺錢的行爲有益於面對她童年的陰影，也勉強自己同意。倔強的莎夏從來沒有告訴外人自己跟茹絲凱集團有關，一切都是靠她自己一點一滴奮鬥而來。

老天給她天賦，再配合她的努力，讓她年紀輕輕就晉升爲超模，後來茹絲凱由她代言反而得益不少。

現在威廉擔心的是莎夏的感情著落，她跟石雅立這些年的糾纏不是眞的，他在旁看得一清二楚，心裡也著急。

莎夏心不在焉地回應著父親席間的問話，講到即將拍攝的工作，她吃得很少，幾乎是食不下嚥。

「怎麼了，莎夏？」威廉老爹看出事有蹊蹺。

「老爹，剛才那個人是宋成寬。」

聽到這個名字，老爹的臉色一沉，他雖然沒見過宋成寬，但也是聽過他的名字，任何一個父親對於曾傷害自己女兒的人，應該都不會有太大的好感，更何況他一向對這幾個寶貝女兒很溺愛，幾乎是疼入骨子裡。

「那個女的就是他的老婆？」

莎夏點頭，「嗯。」

莎夏在跟宋成寬戀愛的時候就已經是知名的模特兒，但在宋家父母眼裡就是一個不入流的小模，在他們交往的時候，宋成寬又沒有把父母之間的衝突告訴她，莎夏無從反應，另一方面又有田思云在旁伺機而動、虎視眈眈，多方組合之下，就勞燕分飛了。

也許分手原本不是唯一的選擇。

如果宋家知道莎夏是茹絲凱家的二小姐，會有另一種結局。

但莎夏也不屑這樣得來的感情，在她心底，宋成寬究竟是背叛了她，他就是覺得她見不得人，才會背著父母偷偷跟她來往，明著讓田思云出現在各式場合，最後假戲眞作，田思云就上位擠掉莎夏，不知情的人還以為莎夏是第三者，當田思云在宋家長輩面前使出淚漣漣那招時，宋成寬就變成被美貌一時迷惑的無知青年，而莎夏就是邪惡的蜘蛛精。

「莎夏，這句話在很多年前我就想講了。妳有什麼事可以跟老爹說，老爹會幫妳出頭的。」

「我知道。」

「那妳當時為什麼沒說？宋家嫌妳拋頭露面，老爹可以去說，我們堂堂正正做事，沒什麼好丟臉的。」

「本來就是。可是就算老爹替我出頭，他回頭了，我也不想要了。」莎夏笑了。

老爹心疼她那笑容，他看得出她受傷的底層，一如當年那個驚懼恐慌的小女孩。

「那也要給機會讓老爹替妳出氣。」

「好，老爹有機會就幫我出氣吧！可是事情都過去了。」

「我到現在還氣得半死。」

父女相視而笑。

文傲在「梅心」設宴款待新的場景顧問時，並不知道蕭一閣教授介紹的得意門生宋成寬建築師竟然跟莎夏有關聯。

當宋成寬那嬌美可人的妻子開口之後，確實讓他驚訝一番。

席間有薩奇、李宏，再加上宋氏夫妻和文傲自己，這個包廂不過五個人，李宏招呼宋成寬和田思云坐下，與文傲寒喧。

「世界眞小，在外頭遇見以前學校的學姊，也許你們也知道這個人，就是莎夏小姐，誤了一點時間，眞是對不起各位。」

「莎夏？」

聽見這個名字，最近老走小姨子路線討好新歡的薩奇有些坐不住了。

「是啊，還跟一個外國人坐在一起，對方好像有些年紀了，剛才來不及介紹，不知道是不是新認識的朋友。」

文傲皺起眉頭，對這位宋夫人隱含的語意有些不太欣賞。

「夠了，思云。」宋成寬低語。

「莎夏小姐是我們新戲的女主角。」文傲刻意這麼說。

薩奇聽到與莎夏共餐的「外國人」，更是坐不住了，他最近和湘堤的情感升溫，已經見了雙方家長，自然對莎夏身邊的老人有所認知。

未來丈人和小姨子都在場，他可不能錯過這個討好的機會。

「不好意思，我告退一下。」

「等等。」

薩奇正要起身，卻被文傲伸手攔住。

「李宏，請他們開一瓶十年以上的LaRomanee-Conti替莎夏小姐送去，另外再把他們的帳單併入我們這邊。」

薩奇聞言就又坐回去，「很會獻殷勤啊！」

田思云嬌笑。

「頂級的紅酒，看來莎夏學姊又擄獲一個男人的心啊！不知道與她共餐的男仕心中作何感想。」

宋成寬心裡被刺了一下，對田思云冷面相對。

文傲微笑，「宋夫人，莎夏是我們新片的女主角，而且是臨危受命，幫了我大忙，她在這裡用餐，由我來付帳是理所當然的事。」

這個話題自此暫歇。文傲是個眼利的人，雖然不知道這位宋夫人的來歷，但對她事事針對莎夏的敵意已經瞭然於胸，那進來包廂就不時失神神遊的男人宋成寬應該就是唯一理由。

文傲有耐心地等待莎夏的出現，知道她必會來致意以示禮數周全，所以當莎夏挽著父親的手出現在他們包廂外頭時，他早有心理準備。

她今天一身白色雪紡輕紗，彷彿飄逸的美麗精靈，而身邊的老紳士也是一派優雅，看得出來名門氣質。

「看看，哪裡來的美女啊！」薩奇嘴甜地說。

「薩大哥你好，導演你好。」

「文傲，叫我文傲。」他特別糾正。

田思云斜睨著丈夫，又將眼睛瞟往莎夏，有種不屑她周旋在男人之間的感覺。

「莎夏學姊，不幫我們介紹一下妳今天的男伴？」

莎夏自然知道她的心機，她是直了一點，但田思云現在的手段莎夏也看多了，反而覺得好笑，可以應付自如。

「我不是她的男伴。」威廉老爹先行一步開口。

莎夏微笑，想起剛才老爹口口聲聲說要替她出氣，現在他打算出招了吧？

薩奇在席間穿梭，很快地站到威廉老爹身邊，「茹絲凱先生，我是薩奇，您還記得我嗎？」

「嗯，你是湘堤的男朋友。」

聽到「男朋友」三字，薩奇一顆心簡直飛上雲霄，這代表他得到家長認同了，他咧開嘴，露出大大的笑容。

「茹絲凱？」田思云驚了一下，「莫非這位先生就是威廉．茹絲凱？」

威廉老爹挑起眉，「喔，這位小姐認識我？」語氣卻是冷淡很多。

田思云怔了，沒想到這個外國佬是茹絲凱集團最大的股東，但以莎夏的身分攀上茹絲凱集團的金主也是可能的，她不正是他們的代言人嗎？

文傲上前自我介紹，「茹絲凱先生您好，我是文傲。」

「文傲先生，剛才讓你破費了，莎夏說過幾天就要拍攝，在工作期間，就麻煩你照顧了。」威廉老爹笑著對文傲說。

在旁邊聽的田思云大爲驚疑。

這是什麼狀況？

一個曖昧的金主委託另一個男人「照顧」她？

田思云挽住宋成寬站起來，「莎夏學姊眞是令人羨慕，也替我們介紹一下吧？」

宋成寬雖然不情願，他並不想讓莎夏難堪，他也心疼她的處境，但在這種場合卻也只能任田思云擺布。

莎夏仍然挽著父親，而威廉慈愛的拍拍她的手背替她定心，這一切的舉動在田思云眼底都成爲另一種污穢的解釋。

莎夏靠在父親身上，有種安全又安心的感覺，在這個時候，老爹成爲她的支柱，他要爲她出氣。

「我替你們介紹。這位宋先生，是我以前學校的學長，而旁邊的是他的夫人田思云。」莎夏稍稍退開父親身邊，「兩位，這位是我的父親，威廉．茹絲凱先生。」

威廉老爹伸出手，「初次見面，兩位，很高興認識你們。」

莎夏看到田思云臉色由白轉青，細細品味那種感覺。

感覺不錯。

終於懂得剛才老爹那話的意思，「出氣」原來是一種健康的行爲，老是處於挨打的處境對身心發展不利。

深夜，她回到別墅，月光下，她看見一個熟悉的人影。

他倚在街燈下，路樹的陰影遮蔽住臉上所有表情，但她即使不看也知道他是誰，她只對一個男人有如此敏銳的反應。

因爲席間喝了酒，不方便開車，莎夏跟父親回去，休息等酒退了，莎夏才取車回到山上的居所，今晚她的感觸很多，想逃離人煙，不想住在市區。

她的姊妹幾乎全住在市區，她們選擇住處的著眼點雖和莎夏不同，但也不是因爲喜歡熱鬧，只是……

貪圖方便而已。

莎夏選擇避開人煙，主因是怕吵，因爲聽力極佳，莎夏不太能忍受噪音，那令她心煩意亂，平常還可以勉強自己，但最近讓她心煩的事已經太多了。

文傲在她身後跟著她，她沒有開口招呼他，她曉得他和她一樣敏感地確知對方的存在，沒有必要多此一舉。

莎夏開啓遙控器打開車庫門，將車開入車庫，還刻意多留了幾秒才將門再關上。

之所以沒說任何阻止他的話，是因爲明白他，也曉得絕不是個輕易接受拒絕的人，當然也不會強人所難，這也是她沒有阻止他進來的原因。

今天在回程中，迷惑感覺使得莎夏如墜重霧，今晚巧遇宋成寬與文傲同席，有種過去和現實混淆之感。

兩個同樣出色的男人，兩對灼熱的目光，她卻只能像孩子般躲在父親身邊尋求庇護，小小的勝利感過後，更令她內心感覺無助。

莎夏一向獨立自主，鮮少有機會體驗這種不肯定自己的經驗，即使第一回在宋成寬的妻子田思云面前取得優勢。

文傲又何嘗不煩惱呢？讓女人看到他癡等，這種沒面子的事情想也沒想過。

「什麼事？」她頭也不回地問。

文傲沒有立刻回答她的問題，莎夏表情沉凝。

如果把體貼男人也當作一個時代性的產物，他顯然不屬於這個時代，但是……

爲了莎夏，他可以做一點小小的改變。

他跟在她後頭走進屋裡，這也是文傲頭一回心甘情願地走在女人身後。

她走進廚房，到冰箱旁邊，回過身來看著緊跟著她的文傲，想到今天見到的人，想到將遇到複雜的情況，這一切都是從文傲找上她開始。

文傲盯著她，她眼中有著連她都搞不清楚的迷惘，讓人看了莫名心疼，他一向認爲照顧女人是責任，但卻很少對誰有著揪心的感受。

莎夏氣血上湧，有點不甘心和自怨自艾。

她原先的生活讓她非常滿意，自她碰見文傲就不對勁了，一切的事情都走了樣，不想見的人出現了，平靜無波的生活也頓時掀起驚天駭浪，更可怕的是……

文傲對她有影響，有時只看著他的背影，她都會覺得連呼吸都快窒住了。

她忿忿地想，他憑什麼改變她平靜的生活！

當然，她不知道文傲也有同樣的困擾。
「這麼晚了，有重要的事？」她又問了一次。
「不想看到我？」他以爲他們已經跨越了一個境界。
文傲上前一步，莎夏隨即退了一步。
他也不逼她，「今天那人跟妳什麼關係？」
「誰？」她裝傻，沒想到他會這麼單刀直入。
「宋成寬。」
「不是說了嗎？同校的學長。」
「我想問的不是這個。」
「如果你知道，那會改變你的決定嗎？」
「妳指的是什麼？」他一語雙關。
是指追求她的決定，還是聘宋成寬爲顧問的決定？
「文傲，我會在工作時看到他嗎？」
「會。」
這是一個肯定的答案。
時間緊迫，他要兼顧預算各式雜事，解決一項就是一項，而宋成寬是目前能找到最好的人選，他不會更改。
「既然是這樣，那就沒什麼好談的。」她轉身迴避。

他心裡有數了，「妳怎麼了？吃了火藥？我以爲我們是朋友。」

莎夏聞言警覺，她一直在他面前裝乖巧，猶如她的保護色。

「對不起。」她歎口氣。

文傲伸手搭住她的肩，將她扳正，直視她的眼睛，那美眸有霧氣繚繞，深不見底。

「我明白了，他是妳的過去。」

莎夏看他一眼，表情淡然，「你要這麼說也可以。」

「那石雅立呢？」

她偏過頭，「你該走了。」

文傲用食指和姆指掐住她的下巴，逼迫她面對著自己。

「石雅立，他是『現在』嗎？」

看來不得到一個答案，他是不會離開。

「如果雅立是『現在』，那你爲什麼在這兒？」

她用一個反問來堵他的問題。

文傲細思她的語意，眼睛盯著她不放。

莎夏並不是個複雜的女孩，既然她肯讓自己接近，雅立不該是現在式。

冷不防，文傲吻上他，在他的霸道氣息鋪天蓋地籠罩住她時，莎夏一陣昏眩，之後隨著他灼熱的體溫和強大的存在感，他緊貼著她，莎夏想要後退，卻被他一把掐住，她猶如被捕獲般與他相貼，文傲仍死死地盯著她，瞬間……

如被電流通過，她無法動彈。

她只能任他侵入，唇舌交纏，他的手滑向她的頸後，那裡有著柔軟糾結的細髮，他搔著那個地方，令她小腹緊縮，呼吸困難。

「別走。」他察覺她想退縮，心裡一慌，更是抱得緊。

「文傲，放開我，我不能呼吸。」她嬌弱地求著，態度嬌軟。

聽見那語句，他歎口氣。「再抱一下。」

他柔柔地攬著她，手中放鬆，將頭棲在她頸間，彷彿交頸般親蜜。

莎夏覺得心慌，心中不安，對於文傲，她分不清好壞，猶如兩人目前曖昧的關係，身體貼近，心卻隔得老遠，互相沾染的氣息卻是芬芳，令人迷惘。

他要的是那種嬌柔聽話的女孩，莎夏知道自己並不是，她只是披著偽裝在欺騙世人，當他發現後，他會後悔的。

文傲如同一團火，她就是那被火光吸引的蟲子，至死方休。

第七章

劇組早就進駐基地，只是出了點枝枝節節的意外停拍，現在是要補些進度。相對其他演員來說，男女主角的戲份還是重。

托石雅立的福，莎夏也有自己的拖車，一個連結的車廂，裡頭是應有盡有，齊全得不得了，沒有她的戲時，可以在裡頭休息片刻。

這部戲是古裝，有時光妝髮就要一兩個小時，頂著重重的髮飾和拖著衣服行動，又累又笨重，一整天下來連背都快挺不直，有個地方可以休息實在是好事，莎夏也就沒有拒絕。

石雅立把自己的拖車給她，再去跟製片交涉這種事情總會有閒言閒語，雖然不爲難，但他們兩人的緋聞早就存在，莎夏是領情的，但她的心很亂，就如同後院失火，眞的沒法子管到其他。

那天在片場遠遠看到宋成寬，當宋成寬往她走來，顧不得自己還沒梳化，莎夏就慌得直衝向石雅立的拖車。

她還沒有想要面對他。

但直到看到雅立時才知道她有多狼狽。

雅立把原先裡頭的人都趕了出去，也顧不得會有什麼流言傳出，和莎夏在車廂裡獨處。

「他在這裡。」她顫抖著。

「我聽說了。」雅立暗嘆。

宋成寬能來絕對不是偶然，這世上哪有那麼巧的事，他要纏著莎夏，老天就馬上給他機會？

也許時機是對，但絕對是他自己找上門的，雅立不像莎夏那麼天真。既然是硬要湊上來，那不解決也是不可能，雅立再怎麼心疼莎夏，也不能代替她來面對，能讓宋成寬死心的人只有她，就怕她自己還不能抓準自己的心意，被宋成寬一副癡情浪子回頭的表現給感動了。

「雅立，我怎麼辦？」

「別擔心，我在這裡呢！」

莎夏知道，有時候黑暗的過去一點也不可怕，只是恐怖的記憶困著曾經受傷的心，不想再陷入，也理不出頭緒。

「我不想見到他。」

「莎夏，一直躲著對妳也沒好處。妳縮在殼裡太久，也許不知道傷已經好了。」

「也許悶得太久，傷口爛了。」

「那妳更要出來，也許曬曬太陽就好了。」

石雅立將自己的拖車讓出來給莎夏，雖然在同一個片場待著，但她有了專屬的休息場所，就可以隨她心意要不要見宋成寬。

讓出了自己的處所，雅立自然是沒地方待了，他原本想把洛杉磯家裡的專用拖車空運回來，但被文傲知道，就吩咐李宏再弄一個進基地，省了他麻煩，也算乾淨俐落，效率高得驚人。

看著莎夏不開心，雅立在片場就想法子裝瘋賣傻逗她笑，工作也是良藥，誰忙得比野狗覓食還累的時候會想東想西？

不過，戲是照文傲的意思開拍了，只是其中最不高興的人也是文傲。

把石雅立、莎夏、他和席琳四個人湊在一起簡直是惡夢，他發覺自己實在太蠢了。之前，爲了那個女主角的位置，席琳三番兩次地鬧，甚至提出分手，兩人感情沒了，自然也表現在行動上。

分手的當下，席琳表情猙獰得很，恨不得東敲西拿多取一些，文傲被吵得煩了，也就隨她，個性不合適，一拍兩散也是常有的事，他不計較。

沒想到分手已成定局，她卻突然乖巧了，原先張牙舞爪的樣子不見了，每天溫柔可人地繞在他身邊，還端湯遞水的，弄得連他身邊的人都不知眼睛往哪兒放才好。

情逝之後，男方總是要讓女方先開口，尤其像文傲這打心底就是大男人品種的人更是不好到處去說。

但席琳表現得愈來愈熱絡，分手之後，她的纏功甚至比他們兩人打得火熱的時候還有過之而不及，一時謠言四起，甚至有人傳出好事將近。

進場的第一天，兩個女人就面對面地碰上了。

席琳的鬥志高昂，當文傲看到莎夏眼中的火光滅了，知道他這些日子的努力將毀於一旦，他不能讓過去的感情破壞他的努力，何況莎夏的溫柔和純眞無僞正是他找尋伴侶的最佳條件，他投入眞心了。

可是愈急著想解釋，就愈是沒有機會，莎夏私下避著他，平常兩人見面時，周圍總是有一大堆人圍著，他又沒法子去解釋。

但莎夏跟雅立反而走得更近了。

文傲每天看著莎夏和雅立輕柔蜜意的，嫉妒得眼睛發紅。

石雅立堅持莎夏也要有自己的拖車，原本李宏還死撐著，硬說不能壞了規矩，文傲發現這情況，二話不說，就冷著臉交待下去了。

不多弄一台來，難不成讓石雅立和莎夏共用嗎？

這個李宏還眞是笨，就算不知道文傲對她的心意，也看看周圍的娛樂記者吧？那麼大群的人看著呢！

事實上，如果要用「不高興」來形容文傲的心情，還顯得太輕微了些。

說得確切一點，就是一隻被惹毛的熊。

「這種爛東西是誰寫的？」

又來了。

李宏暗歎，害怕導演又出什麼招數要整他。

果然，啪地一聲，文傲又把那可憐的劇本甩在地上。

莎夏不解，向雅立投去一個詢問的眼光。

雅立開心地笑了，神態中有著得意的意味，「聽說我們今天有一場激情戲。」

「嗯？」

「妳看過劇本了吧？」

她是看過了，她有超凡的記憶力，早在文傲拿給她，莎夏就將它一字不漏地背起來了。

她點了點頭，算是回答雅立的問題。

「這不就是了，我們待會兒就要演出香豔火辣的床戲，有人眼紅，後悔了。」

「你說什麼呢！」莎夏瞪他一眼。

「妳不用太緊張，這個我很拿手，保證一次就搞定。」

他說得大聲，很愉快地發現文傲的眼睛噴火。

「我知道這你很拿手，不用你再多嘴。」

「嗯，妳要不要清場啊？」

「清場？為什麼要清場？」

雅立清了清喉嚨，「我怕妳不習慣在眾人面前寬衣解帶，萬一到時候要多拍幾次……我是沒什麼關係啦！就怕有人會說閒話……」

「說什麼閒話？」

「說我趁機吃妳豆腐，佔女明星便宜。」他無奈地攤開手。

莎夏頭疼，跟好友演床戲真的很麻煩，而且那場戲，女主角就像發情一樣，有很多主動的戲，火辣又誘人。

「別說了，雅立。」

他偷瞄一眼文傲的表情。

文傲的臉色漸漸由灰轉青。

「雖然我是不太願意公開表演，不過別人不知道我的習慣，說不定會誤會……」

莎夏狠狠地敲了雅立的頭，「你在說什麼鬼話？」

「我說……」他轉頭問文傲，「那場戲你什麼時候拍？」

「不拍了！」文傲冷冰冰地說。

「不拍？」雅立叫。

莎夏找個地方盤腿坐下，好像這場戲根本不關她的事，文傲咬牙切齒要改的劇本也不是她的戲。

文傲突然大吼，「李宏！」

李宏火速地出現在他們面前，「什麼事，導演。」

「今天的這場戲取消，就改拍別場。」

他覺得很爲難。「可是其他的通告還沒發，爲了拍今天這場，時間已經空出來，沒有發別人來等戲。」

「那就不要拍，這場叫編劇重寫，實在爛得慘不忍睹，誰叫他把女主角寫得像花癡一樣的？」

雅立爆笑出聲，不識時務的舉動得到文傲一個冰冷的瞪視。

「不會啊？我覺得這個劇本蠻好的。」莎夏故意說。

文傲知道自己的心意，就算只是在作戲，他也不想看到她在雅立的懷裡。

雅立在一旁幫腔，「是啊！我也覺得這個劇情蠻好的。」

文傲正好將怒氣遷到雅立身上，他筆直地走到雅立面前，近得讓他可以看見他眼睛內的倒影。

「導演，你這是在瞪我嗎？」雅立眼泛桃花眨啊眨。

文傲冷淡而低沈地開口說，「我說爛就是爛！到底我是老闆還是你是老闆？」

雅立覺得十分地好玩。

「當然你才是老闆，這件事無庸置疑。」他笑瞇瞇地迎向他的瞪視。「不可以伸手打笑臉人喔！老闆。」

「你還提醒，怕人不動手打你？」

文傲已失去自若的神態，當然想要找一個人打架，最好就是雅立，不過……他笑得那麼噁心，要怎麼讓拳頭落在一個笑臉上？

雅立心中很明白文傲的怒意從何而來，所以忍不住撩撥。

莎夏默默地注視文傲走了出去。

「呵，他又發火了，妳知道嗎？這是他第二次什麼都不說地走出去。」上回是在莎夏的別墅。

見雅立咧嘴笑得極開心，莎夏不得不勸他。

「你少惹他！他替你臉上加點天然化妝你就慘了，隨便哪一個瘀青少說也要好幾個星期才會消。」

雅立笑嘻嘻地搖頭，「我現在惹他才正是時候，他不會打我，文傲在這時候絕不敢打傷我。」他賣個關子停頓下來。

「爲什麼？」

「因爲打傷我就不連戲了呀！」

他有恃無恐。

「我眞受不了你！」

莎夏從地上跳了起來，平常日場拍完就接夜場，收工之後累得半死，連指頭都抬不起來還想去哪裡？既然下午通告取消，她打算遠離這些瘋子一段時間。

她在陽光下匆匆走過，並沒有特地想引起他人的關注，但沐浴在金色光線下的莎夏彷彿是聚光燈下的主角，任何人都無法忽視。

陽光柔柔地環繞在她四周，微風輕拂著她的裙裾，她渾然不覺已成為眾人的焦點，只想疾步行過文傲和席琳的身邊，工作人員用目光膜拜著她的身影，她雖然克制要自己無動於衷，卻又忍不住找尋那個身影。

文傲正和另一個女演員站在一起，席琳的胸圍傲人，身材火辣，是個帶著可怕凶器的女人，有著「人間胸器」的美女。

據她所知，席琳原本是內定的女主角之一，在她眼裡，恐怕莎夏就是那個搶走她原先角色的討厭女人。

莎夏很敏感，席琳對她一向不友善，雖然在眾目睽睽之下，她總是露出無害的笑容，但莎夏很明白被別人排斥的感覺。

小時候，她曾跳級升了三年，新的班級同學疏遠她，還有幾個成績好的同學拿她當假想敵，他們的眼光總有讓人自覺是怪物的感覺，而席琳偶然投來的目光也有異曲同工之妙，還多了妒恨。

她是發什麼瘋才去招惹文傲？莎夏很後悔。

她沒有資格生氣，這根本不關她的事，文傲和她一點關係都沒有。

莎夏急著要抹殺這些天來，他倆相處所產生那份似有若無的眷戀。

她的戀愛經驗很貧乏，唯一的戀愛失敗的理由很普通，但影響深遠又慘烈，被信任的學妹搶走男友，自己反而成爲眾人眼中的第三者，莎夏自此之後，對第三者就很排斥，有種感情上的潔癖。

在石雅立的庇護之下，她安全地度過一段時間，雖然雅立也交女友，但在外人眼中，那個第三者絕不會是莎夏。

莎夏恐慌，她在激情之下，做了文傲和席琳的第三者了嗎？

不，她還可以回頭，她要避開文傲。

當席琳對她笑時，眼中閃的光芒是冰冷的。

莎夏並不覺得席琳笨，雖然很多人的印象都覺得席琳是個沒腦袋的女人，但莎夏反而認爲她狡詐而冷酷，可以由她從不在眾人面前冷淡她就看得出，她一定是私下放暗箭的人。

莎夏感覺芒刺在背，似乎隨時會被後頭的人抽冷子來上一刀。

經過他面前時，莎夏禁不住往那兒瞟上一眼，一察覺自己這麼做，她慌不擇路地小跑步離開他身旁。

「莎夏……」

他可以感覺到她的髮絲拂過他的臉，似乎近得讓他可以用手環住她的腰間，嗅到她髮間的清香。

但他沒有忽略到她經過時，眼中閃過的那股冷芒。

她假裝沒有聽見他的叫喚，快步地穿過基地搭建的幽然古徑，心裡空蕩蕩地什麼也不想，直到聽到敲打聲。

眼前豁然出現工地，這是因爲颱風重搭的場景，莎夏居然慌得走到這兒，跟休息的拖車完全反方向。

她臉色發白，立即轉身往回走。

「湘君。」

她不理會宋成寬的叫喚聲，加快腳步。

「等等。」

他人高馬大，不用多久就結束他們之間的距離，從後方伸手一拉，她被他硬是拉得迴一個圈，差點站不穩。

「小心。」他摟住她。

莎夏用力甩開，「放開我。」

「爲什麼躲我？」

她轉身繼續走，「我沒有躲你，只是覺得我們沒有必要再見面。」

她終於肯跟他說話了！宋成寬欣喜若狂，亦步亦趨地跟著她身後。

自從他跟田思云的事件爆發，她就立即跟他切斷了來往，任他怎麼解釋也不肯聽，最後一次見到她時，就是她跟著石雅立在他面前。

當日的情景仍歷歷在目，宋成寬心如刀割，石雅立原本也是他的好友。

「我們決定在一起了，我一直很喜歡湘君，既然你選擇了思云，湘君願意給我一個機會，我們決定正式交往。」

宋成寬慌了，「湘君，告訴我，這不是眞的，妳還在生氣對不對？妳聽我解釋，我可以解釋的……」

莎夏看著他哀懇的模樣，心酸得很，但抬起頭，校園的路樹旁站著一個嬌小的身影，那是田思云，她的表情狂亂痛苦，莎夏突然覺得，這場混戰之中沒有人會得到好處，她必須脫身才能求生。

她閉上眼睛，把理智從邊緣拉回，當她睜眼，眼底一片清明，再看向宋成寬時，已經有了決定。

就算再怎麼眷戀，這段情她也必須斬斷。

「不用了，我都明白，感情走到這樣，我也不勉強。」她挽住雅立的手，縮在他的懷裡，「帶我走。」

當聽到湘君叫雅立帶她走時，宋成寬只覺得天崩地裂，他的天地變了顏色，莎夏的身村高挑纖細，但窩在雅立身邊卻小鳥依人，嬌弱可憐。

石雅立原就玉樹臨風卓爾不凡，愛慕他的女孩比比皆是，但他偏偏要來搶他的湘君，爲什麼？

但石雅立出手，他只能放棄，因爲他有了污點，湘君不會再接受他。

經過那麼多年，他才驚覺，當年自己放棄得太容易了，他不能失去湘君，這些年如同行屍走肉，他應該再給自己一個機會。

莎夏回頭，冷無表情地開口，「宋先生，我可以自己回去，你不必跟著我。」

「湘君，我們兩個之間……妳有必要那麼生疏嗎？」

「你工作忙，不要跟著我。」

「沒有那麼忙。」

「那你爲何每天來？」

宋成寬驚喜，「妳有注意到我，妳不是一直忽視我的。」他喃喃地說，「湘君，妳從來都不是一個無情的人，我每天來就是爲了想要看妳，即使是遠遠地看一眼也成，但妳一直躲著我，爲什麼要這樣？」

「宋成寬，請你別忘了你的身分，你是一個有婦之夫。」

「我跟思云要離婚了。」

莎夏怔了下，「這不關我的事。」

她腳下沒停，只想再轉過一個彎就快到她的拖車了。

宋成寬跟上，「莎夏，我錯了，妳原諒我好嗎。」

她只想趕快離開這一團亂，不過，她愈是心慌加快速度，宋成寬就跟得愈緊。

「你沒有錯，感情的事情勉強不來，那是你的選擇，不需要原諒。」

宋成寬抓住她手肘，「別走。湘君，讓我們重新開始！妳不要再跟石雅立糾纏在一起。」

莎夏冷下臉，「石雅立並沒有糾纏我，何況，你現在不是在跟我糾纏嗎？」

他急得快掉淚，「湘君，妳瞞不了我，石雅立對妳不好，我跟思云離婚，我們重新開始，我保證不會再讓妳失望。」

「雅立沒有對我不好，至少他沒有覺得我見不得人，不會讓我躲在身後，擔上第三者的罪名。」

「石雅立身邊有那麼多的女人來來去去，難道妳都不在乎？湘君，妳怎麼變那麼多？當年妳爲了田思云都跟我決裂，現在怎麼會……」

莎夏打斷他，「也許我更愛雅立也不一定，不管怎麼樣，雅立跟我的事情不用外人過問。」

外人？「原來我已經是外人了。」宋成寬頹然，儼然受了重大的打擊。

「我從一開始就知道雅立是什麼樣子，我跟他在一起，我自己會承擔後果，他不像你，包著一個美麗的糖衣，後來發現裡頭是苦的。」

「她騙了我，她說願意幫我掩飾，在我家人面前替我們掩飾。」

「很好，掩飾到床上去嗎？最後還裝得可憐兮兮，讓我成爲大家眼底的賤人，眞是盡心盡力，我還眞的要謝謝你們。」

「我錯了，湘君，這些年來我過得很痛苦，我得到報應了。」

「很遺憾，我並不想看你得到報應，那並不會讓我當年受過的苦消失，但時間可以淡忘一切，會治療我的傷口。」

「湘君，當年妳爲什麼不告訴我？」

「告訴你什麼？」

「妳是茹絲凱家族的小姐，也許那樣我的父母就不會反對了。」

莎夏爆發了，「我有見過你的父母嗎？你有跟我說你父母反對嗎？他們不喜歡我，就算我變成茹絲凱家的二小姐一樣不喜歡，骨子裡我還是一個被父母拋棄的孤女，我把眞實的我全都掏出來給你看了，只是你們不在乎，你們想要的不是湯湘君，而是莎夏・茹絲凱，那我又有什麼辦法？」

「不……」他扶著額頭，痛苦地揉著，「我不能接受這個結果，我們是被拆散的，我傷害了妳，湘君，求求妳讓我彌補。」

「我也不能接受你了，宋成寬，忘了吧！那只是青澀的初戀，現在我已經變了，不再是那個純潔的湘君，難道你不知道我跟雅立在一起幾年了嗎？就算我再接受你，你看到我時不會想到我跟他耳鬢廝磨、被翻紅浪？四肢交纏？」

聽她這麼說，他忍不住心痛，「我不在乎，只要能再跟妳一起，我眞的不在乎。」

「但我在乎，你知道嗎？我只要看到你，我就會想到你在跟我交往時，一方面和田思云沉迷慾海，卻把我當成傻子，在我面前玩牽牽小手純愛的遊戲，唬得我七暈八素。」

「湘君，我沒有，我眞的不是故意的，我只是喝醉了，一時衝動。」

「太好笑了，這理由很普通，但也很經典。」

「我好後悔，這些年我眞的很痛苦，她就像個兩面人，在父母面前一個樣子，對我又是一個樣子，我受不了。」

莎夏相信，她可以想像田思云的手段，她既然會這樣對莎夏，當然也會對付宋成寬，但她知道田思云的目的只有一個，就是想保住宋太太的地位，她愛宋成寬，不擇手段地愛他，想要保住他。

「你走吧！別再出現在我面前了。」

「我不相信，妳不會對我那麼絕情的……」

宋成寬緊緊箝住她，絕望地低頭吻她，莎夏掙扎著，卻掙不出他的掌握，突覺一陣血腥味，心知他磕破了她的唇，莎夏反咬他一口。

「啊……」

她推開他，退後幾步，又驚又怒。

「宋成寬，你在做什麼，你以爲這裡是什麼地方？」一聲低喝。

莎夏回神過來，奔向來人懷中，「雅立……」

雅立扶起她的下巴，她被宋成寬吻得唇腫，還滲著血絲，這下要怎麼連戲？

「石雅立，我已經警告你了，我要湘君回到我身邊，你不配跟她一起。」

「那你又配了嗎？」雅立見他又要辯，無奈地舉起手，「夠了，我不管你是不是要像幽靈一樣出現在我們身邊，但你也不想想這是什麼地點？你又是什麼身分？你現在做出這種行爲會讓湘君有多麼難做？」

「我顧不得了。」他進前一步，眼睛直盯著莎夏，「湘君，妳回到我身邊，我有能力讓妳過好日子，妳不必再那麼辛苦。」

「不。」莎夏將臉埋進雅立胸前，他已經換下戲服，她滾燙的淚水滲進他的襯衣中，「成寬，你走吧，我離不開雅立了，你死了這條心。」

宋成寬被妒嫉矇了心，恨恨地，「石雅立，你用什麼拖住莎夏？你床上功夫就這麼好嗎？讓她沉迷至此？」

「住口！宋成寬，閉上你的髒嘴。」雅立上前一步，忍不住想揮拳。

莎夏拉著雅立的衣角，「不要吵了，我們回去吧！」

看見莎夏紅了眼角，宋成寬心酸，他是不該說出這種話，但他實在太嫉妒。

「石雅立，我不會放棄莎夏的。」

石雅立擁著莎夏轉身，「眞是好笑，你這個人就是……該放棄的時候不放棄，應該堅持的時候又偏偏放棄。」

當他們轉過身時，莎夏震驚地睜大眼。

文傲就站在不遠的地方，表情莫測高深。

第八章

事件愈是撲朔迷離，愈是一時沒法子看清楚。

文傲那天究竟聽到了多少，莎夏並不知道，但他總用一種深究的目光看著她跟雅立，表情深不可測。

他愈來愈忙，莎夏空閒時多半看到他投入工作，文傲的精力旺盛，演員還有休息時間，而他日場接著夜場，幾乎是沒日沒夜。

偶爾，她看到他在空檔閉眼假寐，眉宇間露出疲憊的神色，心中不忍，微微泛酸。

席琳總是在他的身邊，莎夏感覺自己跟他隔得天高地遠，心裡有些寂寥，但又說不出確切的想法。

微風徐徐，她在樹下休息著，隔著佈景，又在陰影的隱蔽下，莎夏逮到了機會恣意地打量文傲，現在是空檔，席琳仍然緊跟著他身邊。

他們說話的聲音藉著風，一清二楚地傳到她耳中……

「我們晚上一塊兒吃飯好不好？」

「我很忙。」

「再忙也要吃飯的，你最重視吃不是嗎？」

原來文傲是個美食主義者。莎夏心想。

席琳仰起下巴癡看著文傲，「算我請客好了。」

「妳開玩笑？我不會讓女人請客。」文傲飽受冒犯的語氣。

「你生氣了？」她一臉慚愧地低下頭去，「開玩笑的，我又不是那些婦運人士，只是說笑而已，出門當然男人請客，你幹嘛那麼兇嘛！」她無辜地眨眨眼。

噁心！莎夏只覺得想吐。

儘管席琳表現得多麼美麗和善，當莎夏看見她緊貼著文傲噘著嘴說話的樣子時，就忍不住湧上一股悶氣。

那女人的神態有如傍著一座山，要不就是纏著一棵大樹的蔓藤，兩種形態都讓莎夏不齒不屑。

還有一種怨氣讓她胃裡直泛酸。

席琳整個掛在他手上問：「我們晚上要到哪裡去呢？」她的語音嬌得膩人。

「妳想去哪裡？」他知道清朗的聲音可以傳得老遠。

果然，莎夏從隱身的遮蔽處走了出來，而且側身往另一條路走過，緩緩地離開。

很好！原來還不止他一個人在生氣。

自從那天聽了她跟宋成寬的對話，再親眼看見她躲在雅立懷裡的柔弱樣子，他就打翻醋桶，心裡很不痛快。

任席琳糾纏他，只是因爲一個幼稚的原因，想要看看莎夏的反應。

不能否認兩人之前的火花和吸引力，又陷入紊亂的情感糾葛中，文傲自私地也想讓她受一點折磨，想要莎夏也嚐一嚐他的煩亂心情。

可是，她才離開不到十秒鐘……

他就後悔了。

她的背影單薄，細瘦的肩垂下，像是承擔著不能負荷的東西，令人心疼。

他盯著湘君剛走過的路，那裡空曠渺無人煙，他發現她經常將車停在很少有人經過的地方，像是隱士，也許個性孤僻……

「文傲，你怎麼老看著路發呆呢？」席琳正跺腳嬌嗔。

文傲冷冷地低下頭看她，表情不變。「妳不滿意可以離開。」

席琳憤怒。

她怎麼不知道他是對誰癡迷呢？

這所有的工作人員都被莎夏那小婊子繞在小指頭上了，每個人都恨不得將她捧在手心裡似的，席琳恨恨地想著。

「我們不是還要一起吃晚飯。」她綻出一個笑容。

「不，我們今天哪兒也不去！」文傲臉部線條強硬，語氣決絕。

席琳的笑容，其中有幾分才是眞的，他很清楚。

「我們早就完了，妳明明知道，況且，想約女人出去時，我自己會開口！」他不留情面地離她而去，不在意席琳在身後齜牙咧嘴的痛恨表情。

收工之後，文傲與雅立相約小酌。

兩位都是名人，為了避開注意，於是到石雅立山上的別墅，雅立雖然沒有獨酌的習慣，但因為音樂工作室也設在其中，也常常有朋友拜訪，娛樂設施和酒吧一應俱全，算是便利。

石雅立朝文傲舉杯。

只是簡單的純麥威士忌加冰，男人的烈性飲料。

「老朋友，你在戀愛嗎？」

文傲的視線不經意地轉向，他研判雅立的動作並非蓄意挑釁。

「為什麼這麼問？」

「如果沒有長久的打算，不要對湘君動手。」

雅立發現近來文傲投注在莎夏身上的目光，那種灼熱和渴望，只有戀人之間才會有的火花。

「石雅立，你管太多了。」文傲的臉和他的語氣一般冰冷。

「老兄！」雅立用手搭上文傲的肩，「我們是哥兒們才勸你。」

「你討打，但我今天沒精神理你。」

「你眞是一個不折不扣的暴躁鬼。」

文傲飲一口酒，任由那辛辣的感覺直衝入喉，終於，他問出那個一直在他心底的問題。

「雅立，你不希望我追求莎夏？」

「我沒有這麼說，我是勸你打消遊戲人生的看法，如果對象是莎夏，她玩不起。」

評估著雅立坦然無僞的表情，文傲心想，或許雅立和莎夏的「曾經」，只是一段短暫的關係，他鬆懈了防備。

「莎夏原本跟你有一段？」

雅立先是驚訝，想了想，瞭然於胸，「那天你聽見宋成寬說的話了？」

「嗯，我聽見了。」

「難怪成天繃著個臉，活像別人積欠了你三代的利息沒還呢？」

「是嗎？」文傲仰頭將酒杯中剩餘的酒飲盡。

「別喝那麼猛。」

文傲將空杯重重放在吧台上，發出脆響。

「說吧！爲什麼宋成寬會那麼說。」

「當年，宋成寬背叛莎夏跟別人訂婚後還癡纏不休，所以我就幫她一個忙，宋成寬看到我們兩個在一起，慢慢也放棄了想法。」

「你還挺會捨己爲人的。」文傲嘲諷。

雅立歎口氣，「我跟她是好朋友，那時她心慌意亂，也抓不住個主意，讓人看了挺捨不得的。」

文傲臉色沉了沉，畢竟他沒辦法參與她那段過去，只是聽聞。

「後來呢？」

「試過，但她心不在焉，沒法子放下過去，於是……」雅立聳肩，「還是當好朋友。」

所以，他們交往過。這是文傲得出的結論。

「如果我在，你是沒有機會的。」

「可惜了。」雅立再次舉杯。

文傲皺眉，「宋成寬這次回來的目的是什麼？」

「他要離婚了，想把湘君從我懷裡搶回去。」

「他憑什麼？」

「因爲我是花花公子啊，你也知道那些小報和雜誌怎麼寫的，宋成寬發現老是有第三者出現，他認爲我對湘君不好，怪自己當年放棄得太早，現在回頭拯救湘君於水火之中還來得及，可以跟她重續前緣。」

「垃圾。」

「以男人的立場，我同情他，他對湘君也是情深一片，只怪當年太懦弱。」

「既然你已經退出，之後就不要再管莎夏的事。」

「那誰來管？」雅立明知故問。

「我。」

「不，聽起來就是羊入虎口。」

「石雅立！」文傲警告。

「你也沒有比我好多少，別忘了還有席琳。」

「我們早就分手了。」

「什麼時候公布的？你不瞭解她，曖昧的情況會傷到湘君，當年宋成寬和田思云就是曖昧，你會讓她想起痛苦的往事。」

「我會解決這個問題。」

「要怎麼解決？」

「為了趕進度，明天開始分兩組來拍，其中一組由副導演拍攝，我會讓席琳進另一組，不會再出現在莎夏面前。」

「逼她表態？」

「不管她表不表態，我們都已經分手了。」

戲由夏拍到初秋，天氣漸漸涼爽，莎夏雖然是女主角，但《擒王》這戲以男性爲主，她拍攝期還是有時間可以自行安排。

損壞的場景陸續完成，劇組現在又分組拍攝，再過不久就可以殺青完成，演員和工作人員各奔西東。

在這之前，宋成寬會先完成他的工作離開。

莎夏經常看見他遠遠地站在一旁望著她，如同發黃的老電影一樣，回憶還是清晰，但色彩失真，徒留惆悵。

年少的那些癡狂和痛苦，虛無飄渺，就像在螢光幕上的世界。

在這次見到宋成寬之後，莎夏試著放開一切，如同雅立所說，她面對了過去，才發現傷口也是會好，只是留下了疤。

只要宋成寬不接近她，她就任由他看著，他總會想通的。

早上的通告，莎夏提早進了片場，她一向準時，這是敬業的態度，不論是模特兒或是演員，都應該如此。

今天就拍一個場景，通告排在早上，莎夏拍完還可以提早回去休息，她感謝劇組人員的安排，知道他們對她體貼。

在她停車時，一輛火紅的跑車飛馳過來，一個完美的倒轉，搶了莎夏原定的車位。

是席琳，她下車之後，就站在路旁，面對著莎夏的車，也不離開。

而後下車的莎夏關上車門，只輕輕點點頭，就往另一邊走去。

「站住。」

莎夏停住，回頭。

「妳是在叫我？席琳小姐。」

最近她們分別在不同組，本來相關對戲的場合也不多，幾乎都拍完了，兩人也沒什麼交情，除了在停車場的這種狀況，其他時間遇也遇不上。

「別裝傻了。」

「有話就說明白，我沒時間想。」

「沒想到我居然會敗在妳的手上。」席琳憤恨。

「我完全沒概念。」

「呵，妳別得意太早，會樂極生悲的。」

莎夏轉身離開，只當自己一早就遇見瘋狗。

當走進人群，莎夏就開始覺得不對了，耳邊老是出現嗡嗡的響聲，眾人同時耳語，但又在見到她時，通通靜了下來，極爲詭異。

在她梳化的時候，化妝師一臉好奇，卻又戒愼恐懼，似乎被一種奇怪的渴望拉鋸著。

「說吧，琳琳。」

一同工作了幾個月，這個叫琳琳的化妝師也算是熟識了，莎夏開門見山地問。

「這……」琳琳壓低聲響，「莎夏小姐，妳看了今天的周刊了嗎？」

「哪家的？」

「《讀報周刊》。」

《讀報周刊》又被戲稱爲「毒報」，雖然名稱是「報」，但卻是一個周刊，以扒糞爲生，銷量極佳，八卦和內幕是這周刊的主題。

「還沒看過，妳有嗎？」

「這……」

吞吞吐吐就是有了，「我可以看嗎？」

當琳琳將這期的周刊交給莎夏，她可以感受到周圍窺探的目光，每個人都在等待看她的反應。

她翻開幾頁，大家只看到她在翻書，但沒想到她能在那麼短的時間全數看完。

莎夏將雜誌還給琳琳，「我看書很慢，不如等收工再買一本回去慢慢看。」

有許多失望的歎氣聲傳來。

「眞可惜啊！」

「原來她是這樣拿到角色的，這些女演員，一個比一個漂亮，一個比一個會搶。」

莎夏聽力太好，無法忽視這些聲音。

其實莎夏已經看明白了，內容都與她有關，說她爲了得到這個角色，請石雅立向文傲說項，擠掉原定的女主角席琳。

這前面看起來還有幾分眞，但後來的說法就離譜了。記者繪聲繪影地描述她如何地討好文傲，在兩個男人之間周旋，最後文傲還爲她與女友席琳決裂，感情生變。

當記者採訪席琳時，她眼角含淚，善良地替莎夏解釋，說她跟文傲情逝早在開拍之前，跟旁人無關，請不要連累他人。

這眞是高招，讓莎夏頓時變成眾矢之的。

莎夏化好妝之後與雅立會合，見到他擔憂的眼神，她只朝他點了點頭，低聲跟他說沒事。

原來文傲跟席琳分手了，怪不得最近都沒看到他們在一起同時出現。

但爲何把這帳算到她頭上？

莎夏想起早上席琳的表現，這八卦來得不早也不晚，剛好讓席琳以弱者身分贏得版面，而莎夏卻被潑了一身髒。

幸好今天只有一場戲跟她有關，她撐著這場戲拍完就離開，應該可以躲過是非。

但人算不如天算，她的表現不如往昔，這件事多少影響了她的表現，鏡頭一再地重拍，拖了大家的時間。

「休息二十分鐘。」文傲終於受不了。

他走到莎夏身邊，明知道大家都在注視他們。

「好好做，別讓他們影響了妳。」

「是。」

「放心，有我在，沒什麼好擔心的。」

莎夏錯愕地抬起頭看向文傲，他的眼神溫柔，在眾人面前，他竟然不避嫌地安慰她，不由得她鼻尖泛酸，只能眨眨眼，將淚水硬是壓了回去。

「謝謝。」她哽咽著。

「喝些水，休息一下，我們再來。」

休息過後，她重新平復了心情，不到十分鐘就拍完了。

當她卸妝離開，再度走向停車場，遠遠地就看到有攝影機和記者在那裡埋伏，她機警地轉身就走，但還是被幾個眼尖的記者看到。

「她在那兒。」

莎夏小跑步逃開，她平常有做體能訓練，記者的裝備笨重，她應該還是有機會。

車是沒法子拿了，先躲得了一時是一時，她往另一頭跑去，對這兒地形的掌握是她的優勢。

一輛ＢＭＷ咻地一聲橫過她面前，車子很眼熟。

宋成寬打開車門，對著她喊，「快上車，湘君。」

她猶豫著。

「都什麼時候了，妳還考慮什麼？」

她回頭看，眼看他們就要追來，她確實沒有時間考慮。

莎夏上了宋成寬的車，他踩下油門，咻地一聲，揚起煙塵，帶她離開片場。

他每天過來，路當然混得比記者們熟，不一會兒就甩開追兵。

她的手機不停地響，都是陌生的電話。

「是誰打來的？不接嗎？」

「記者吧！」

莎夏知道不能接，她關機，把手機放到包裡。

「我送妳回家，妳現在的地址是？」

「不用了。」

既然都追來了，想必也有人在家外頭守著，她現在要怎麼回家？

湘堤她們都在上班，平常她也低調，莎夏覺得自己現在回去，只是給家人惹麻煩。

想找雅立幫忙，但雅立現在正在拍戲，她得要找一個地方待著，等雅立收工回家，再決定要怎麼辦。

「湘君，快點告訴我地址。」

「不，讓我在這裡下車吧！」

「別開玩笑了，我怎麼可以讓妳在這裡下車？」

「有什麼不可以，這裡有公車，我身上有錢，我想一個人出去走走。」

莎夏拿出一副太陽眼鏡戴上，那幾乎遮掉了她大半張臉。

宋成寬哀傷地看著他，「妳跟我見外？」

「不，成寬，我惹上麻煩了，你還是別靠近我，現在不是時候。」

「我不在乎。」

她搖頭，「你在乎的。」

她很瞭解他，知道他是不能承受紊亂和壓力的，不然當年他們就不會是那種結果。

宋成寬看向路面，「快說，妳要去哪裡，我載妳去。」

她笑了，但笑容隱含的決絕令他心寒。

「宋成寬，讓我下車，不然我就跳車了。」

當文傲發現莎夏的車沒開走，就知道不妙了。

撥打莎夏的電話，但對方已經關機，徒勞無功，於是他讓李宏每隔半小時撥一次莎夏的電話，直到他收工爲止。

這件事影響到他的心情，但文傲在壓力之下反而更能發揮，全神貫注，比預定收工的時間還早了三個小時，令人嘖嘖稱奇。

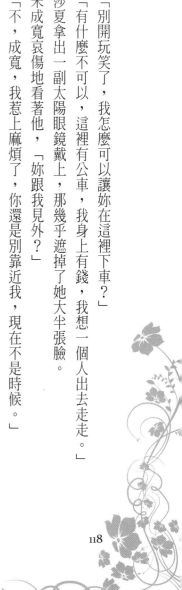

雅立打了幾個電話，知道她並沒有回家，就像消失了一樣，人間蒸發。

「她會跟誰一起？」

文傲破天荒地想要窺探莎夏究竟是跟何方神聖出門，會一個下午都找不到人影。

「我們分頭去找。」雅立建議。

「不要，你回去等她消息，不要隨便亂跑，我先去她家等看看。」

在他遍尋不著她後，就跑到她家門口等，發現有狗仔站崗，他遠遠地躲著。

時間分秒過去，他再看了看手上的腕錶，心裡愈來愈著急。

文傲拿起電話打給雅立，直撥了幾次才接通。

「什麼時候了，你還聊天。」

雅立氣急敗壞，爲了接莎夏的訊息，他不敢不接電話，從收工一開機就被記者騷擾。

「怎麼了？她回家了嗎？」

「雅立，莎夏還有可能去什麼地方？」

「我不知道。等等……圖書館。」

「圖書館？她去圖書館幹什麼？」

「她只要一心煩就喜歡躲進一家海邊的圖書館，我跟你說怎麼去，你沿著濱海公路往北走……」

第九章

雅立猜對了，她在圖書館，莎夏需要一個地方暫時躲藏，她打算等雅立收工之後，打電話讓他來接她回去，暫時避避鋒頭。

當然也不可能住他那裡，現在雅立那裡應該也少不了狗仔。

她喜歡讀書，從小她就知道，書裡有很多可以幫助她的知識。

小時候，莎夏被父母送去實驗室的機會多得讓她數不清。

她總覺得自己是一隻正在被解剖的青蛙，或許是實驗用的小白鼠，只是稍有差池就會被人剖開研究。

她想隱藏起來，本來醜小鴨的模樣很容易隱身於人群之中，但漸漸的，她發現自己不同了，就像老天的玩笑，突然間她發現自己變了一個樣子，怎麼躲也躲不掉別人的注意力，她只好利用另一種方式保護自己，這樣才能讓她覺得安全。

一個只有美貌且無害的女孩，這就是她想出來的僞裝。

這並不難，關於這個方面，她就像變色龍般善於僞裝外表，裝笨並不難，她可以將它控制得很好。

所以她選了最平凡的行業，靠著外在的本錢做爲自己生財的工具，放棄了她喜歡的學術研究，因爲她同情實驗對象。

她並不委屈，莎夏知道每個人都有自己的煩惱。

就像湘堤，她只想做個小職員平淡過完一生，偏偏她要擔起茹絲凱員工的生計，想丟開一切責任卻不得不做。

誰會想到在圖書館能找到莎夏呢？所以她現在應該是最安全的。

這裡很偏僻，圖書館的人也少，莎夏一直等到圖書館九點關門，才往沙灘走去，晚上伸手不見五指，一般會讓人很害怕。

但莎夏不覺得，因爲人心可怕勝於一切，她聽著大自然的一切，黝黑的海面閃著亮光，偶爾雲層高興讓月亮露臉，她可以看見海浪一波波湧近。

她錯估了天氣，秋天的海風刮在臉上令她疼得皺眉，她雙手環抱著自己，顫抖地往回走。

時間應該差不多了，她翻出皮包裡的手機，正要開機，兩束亮光射過來……

莎夏瞇起眼，用手擋住光線，是車燈。

不遠處一輛黑色的悍馬，放慢了速度，緩緩地接近她。

文傲自雅立那裡知道她去了海邊，於是回去換了悍馬，一路急奔過來，如願地找到了她。

車沒熄火，他將車燈轉向海灘，從車上躍下，表情不是很愉快。

當找到人的喜悅過後，看著周圍的環境，驚駭升起。

「妳知道這麼晚一個女人在這裡有多危險嗎？爲什麼不開機？」

莎夏看著他不豫的臉色，連退幾步，「我本來要打電話回去了。哈啾！」

文傲面一寒，回頭上車拿了風衣，裹在莎夏身上，「穿好。」

「對不起！」莎夏微笑說著抱歉，「我想是天氣太惹人厭了，我可能是昏了頭才會這樣。」

綻放笑容的莎夏嬌美動人，文傲目不轉睛地盯著她看，一時竟忘了他剛才不高興的心情了。

他抓住她的手，她的手很冰，莎夏因爲太突然，而忘了抽回，任他拉著自己不放。

「你該不會是來發通告的吧？您親自來發通告，我有這麼大的身價嗎？」莎夏打趣著。

「妳的身價要比妳以爲更重要得多。」

她心狂跳，「什麼意思？」

「妳不知道嗎？」

他抿著嘴，要笑不笑地看著她，

他……是那個意思嗎？

「那個重要性，完全是以我的立場來看！」他說得更清楚了。

「我不明白。」她吶吶地垂著頭。

「妳清楚得很，只是不想承認而已。妳就這麼不聲不響地失蹤，我在外頭等得有多心急……妳知道嗎？」他粗啞的聲音洩露他的心情。

「我……不知道你會找我，家裡又不能回去。」

「妳可以告訴我，有什麼難處我可以幫妳解決，要不是雅立告訴我，那妳打算在這裡吹風到天亮嗎？」

她想叫雅立來接。但莎夏識相地沒有說出口，而她現在腦袋一片空白，覺得口乾舌燥。

「為什麼躲在圖書館？」

「我總覺得自己笨，如果能在圖書館中多待一會兒，也許能染上一絲文藝氣息，就不會那麼累了。」

她說的是實話，也是心底眞正的想法。

但文傲一定不相信，她幾乎將圖書館大部分的書都看了。

在車燈的照耀下，兩人牽著手如情侶一般併肩在沙灘上漫步。

突然間，莎夏掙開他的手，追著浪上前。

「小心……」

車燈如同聚光燈照著莎夏，她是天生的明星，耀眼動人。

「你看，是海星。」

她蹲在石頭邊，從海裡輕輕捧起海星，小心翼翼地，像是珍貴的寶物。

文傲看了眼，「很漂亮。」

「我希望自己是海星。」

「爲什麼？」

「海星沒有腦，只要沒有腦袋，那就不會去想，也就沒有煩心的事，我很笨，很多事情都想不通，你看……它這麼漂亮多彩又沒有心事，海星是不是很幸福。」

看著她認眞的表情，幾乎令人落淚。

「莎夏，別擔心，會過去的，那些報導都不是眞的，傷害也不會太久。」

「我知道，傷害不會太久，但會留下記號，清水被染髒了之後，就很難回復原來的樣子。」

她的說法讓他無法反駁。

「你知道嗎？海星就算受了傷，也可以再生。」莎夏輕手輕腳地把手上海星放回去。「觸手被砍掉了，它會再長出來，有些品種還會從一隻變成兩隻，砍掉的觸手會再生出一隻海星。」

他心一疼，伸手拉起她，緊緊地擁住。

「妳不必羨慕海星，莎夏，我會保護妳。」

她心中一酸，回抱住他大哭。

「別哭……」他心疼地想要安慰，想要她停止哭泣，「莎夏，我會爲妳做任何事，只要妳不哭。」

最危險的地方就是最安全的地方，文傲帶著她回到他郊區的別墅，這是他們兩個第一次見面的地方。

文傲不住在這裡，但常利用這裡開酒會，連記者會也在這裡辦。

「大家都知道我不住在這裡，應該不會想到這兒來找人，妳可以在這裡住下。」

文傲打開冰箱，拿出果汁遞給她，「喝吧！可以解解渴。」

「謝謝。」

文傲見她心情轉好，輕鬆地吁出一口氣。

莎夏拉著他的衣袖隨他往裡走，文傲反手握住她，主導情勢帶她經過客廳，走到客房。

她隨他進入，雖然沒有人住，但各項東西都很齊全。

「謝謝你，算是得救了。」

「剛才爲什麼不回家？」

「我姊妹都很低調，平常也不常露面，外頭的人都不知道我們之間的關係，現在這樣一弄，萬一把不好的事也帶給她們，我不忍心。」

「這麼懂事？」

莎夏羞紅了臉。

「今天是誰載妳出來的？」

莎夏閉口不言。

「宋成寬？」他的語氣冷了。

「嗯。」

不知怎麼，看到他那表情，吹了一夜冷風的莎夏突然眼圈一紅。

「別……」文傲澀澀地說，「我只是在嫉妒。」

「他在半路就放我下車了。」

「眞的？」

「嗯。」

她沒有說出宋成寬是在她威脅要跳車，才不得已讓她下車。

「你以爲他和我一塊出去？」莎夏冰雪聰明，一點就透。

「我是這樣想的，對不起，我道歉，我不該生氣。」

「只有今天生氣？」

文傲舉手認了，「我自首，我承認我這些日子來脾氣不好，但是妳感覺不到都跟妳有些關係嗎？」

莎夏苦笑，「很好！沒想到我得要爲你的情緒負責任。」她瞪他。

文傲朗聲大笑。

當她這樣看著他時，文傲可以感覺自己的心在胸腔中瘋狂跳動。

她的答案將替他帶來快樂或悲傷。

他的聲音粗嗄，「妳難道不知道我對妳……」

「文傲，該曉得的我全都曉得了。」她溫柔地說。

「好！」他清了清喉嚨，「那妳可以告訴我……妳對石雅立或是宋成寬還有什麼想法嗎？」

她當然可以，但她不知道該怎麼說。

她不想讓他覺得有權利干預她的生命，也不想陷入他霸道的情網之中，但她的心已違背她的意志。

「不想回答？」

「我上次就說過，宋成寬……已經過去了。」

「雅立？」

「雅立只是朋友。」

文傲還是懷疑，他想起上回雅立的說法，對他而言，他們兩個曾試著交往，後來又分開了。

但聽到她這麼說，他又覺得自己很傻，既然她不願明說，他又何必勉強她呢？雅立已經放棄莎夏了，文傲沒有做過奪人所愛的強迫行為，何況是自己的好友。

只要她現在是他的就得了。

這又怎麼樣呢？

他可以包容她，文傲爲莎夏破了太多例了，多一個又有何妨？

他可以爲了她不計較這些細節，文傲看她的眼睛，內有他深愛的閃光，像一隻惹人愛憐的小鹿，警覺又不安。

他感到腹中緊縮，移動身軀，愛意和慾念同時，隨著強烈的感情湧上……

他就這麼愛上湯莎夏？

這樣的躁動，即使在他年輕的時候也沒發生過！

這是愛情吧！

一剎那，各種不同的情緒伴著他的懷疑同時進駐他的心中，除了愛情之外，還有困惑和憤怒，一開始就因爲察覺到她的影響才閃避著她吧！原來他也是個懦夫，堂堂的大丈夫竟然會怕一個弱女子？

「算了！」他柔聲低語。

她抬眼看他，眼中盈滿動人水光。

當確定他可以鎭定和冷靜地與她說話時，他才又開口。

「莎夏，我不在乎妳以前和誰交往過，只要妳在與我在一起時，心裡不要有別人就可以，妳……願意嗎？」

他沒有問她是否眞有心和他談感情，莎夏意識到這一點。

他就這麼肯定她已經迷上了他嗎？

莎夏的眼眸徘徊在文傲臉上，想找到她需要的解答。

錯了！他也和她一般地害怕。

她可以由他緊抿的嘴唇看出他的不安，爲什麼會對她讓步呢？

莎夏覺得自己被他打敗了。

多少人會爲了一個女人改變自己，尤其是像他這樣的天之驕子，總是不屑於博取女人青睞的傢伙。

雖然他只是爲她做了一點點小小的改變，對別人來說可以算是微不足道的改變。但這件小事卻深深地撼動了她，讓她再也不在乎他用那種盛氣凌人的口氣對她說話，好像他看上她是對她莫大的寵幸，該張燈結綵好好慶祝。

「怎麼樣？」他縱容地用手拂過莎夏的手臂，看到紅暈染滿她雙頰，「我會讓妳忘掉其他的人。」

莎夏多希望他就像原先她遇見的那隻沙豬，那她說不定可以找到更多的外力來抗拒他，抵抗自己受他的吸引。

「不用！我的心裡沒有別人。」

對於他的讓步，莎夏覺得自己也該給他一點回報才合理。

她說出一句明知文傲不可能相信的話。

文傲緊摟住她，他雖不相信她所言，但莎夏這句話對他是一種保證，他迷失在對她的各種旖旎幻想中。

她在他懷中的感覺是那麼地柔弱，仰著頭看著他的眼眸是多麼地深邃，他無法抗拒她的溫暖，一股戰慄竄過他全身，強烈的喜悅讓他無法抗拒她。

「不！」她的眼睛閃著期盼。

文傲漠視她言語上的拒絕，虔誠地將唇印上她的唇上，「別拒絕我……莎夏，我已經渴望妳很久了。」他在她的唇上摩擦，氣息暖暖地碰觸她的耳畔。

「別……我們不應該……」她覺得自己像果凍一樣無力。

他分開她的唇瓣，輕柔地在莎夏嘴裡咕噥著，「要。」他的嗓音低沉而沙啞。

他們絕對是在做「應該的事」。

莎夏不自覺地抓緊文傲的手臂，她不習慣這種親蜜關係，他或許會後悔。

她該給他一個後悔的機會。

她可以想見，文傲和她交往是抱著很大的決心的，如果是別的女人，他也許可以今天交往明天就分手，對於她……也是文傲最要好朋友薩奇的未來小姨子，以他的個性，還是冒著被人逼上禮堂的風險。

她是認眞的，以一生一世爲前提，莎夏已確定自己陷入狂猛的愛情巨浪中，而文傲若是願意與她相伴一生，她絕對會不顧他對女人的歧視和兩人間的差異而嫁給他。

但不是利用他情慾高漲的現在，迫使兩人走到一個進退兩難的地步。

「不！」她這回堅定地推開他。

文傲捧起莎夏的臉蛋，發現她是真心的。「怎麼回事？」他的聲音因激情而微微顫抖。

莎夏歎了口氣，克制自己想偎回他懷抱的衝動。

「我累了，今天不是時候。」她昧著良心對他說道。

他做了個深呼吸，文傲尊重她，但她的拒絕仍讓他胃部不停地抽搐，臉上也有一束肌肉痙攣著。

「不是時候？」他扭曲了臉龐才擠出這麼一句話。

莎夏也和他同時受著煎熬，她用那雙抖得幾乎舉不起來的手，稍微攏了攏秀髮。

「我們該再等些時間，這太快了。」她將目光移開吶吶地對他低語著。

「太快？」

她的手顫抖得更厲害了，她坐下來，將整個人縮進沙發。

文傲頓時感到一陣空虛。

「我辦不到，我害怕……你像狂風捲進，我不能適應。」

她啜泣地將臉埋在手中。

他用手接住那晶瑩的淚水，文傲總覺得女人總是用淚水當作她們的另一種手段，禁錮他的卑劣伎倆，但莎夏的哭泣不同。

她怕他接近而哭泣，患得患失，但他又何嘗不害怕呢？

他們之間的感情衝擊強得像能將他們倆一塊兒毀滅。

他嗄聲說，「別哭了，我可以走，但妳想叫我離開這件事，讓我覺得很沮喪。」

「對不起。」莎夏用手背揮去眼淚，「我不是故意的，我平常沒有這麼愛哭，我覺得很丟臉。」

看她恨不得把頭鑽進地洞裡，文傲悶悶地笑了。

「我很高興知道妳不是小愛哭鬼，眼睛哭紅可不好看。」

莎夏破涕而笑，那嬌態如同梨花帶雨媚態百生，眞是要命，文傲暗暗呻吟一聲。

「我得要走了！明天留一點時間給我。」他拉住莎夏的手腕，輕輕摩挲著。

她注意到他仍是用命令的口氣說話，她現在已大約瞭解這是他詢問的另一種方式。

「好的！我不會安排別的節目的。」她會意地回答他。

「再見！」

他給她的告別吻熱烈地讓她臉紅。

良久，他笑著掩飾自己的離情依依，轉身離開。

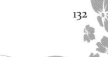

第十章

殺青當日，只剩下最後一場戲，照例請來所有重要媒體的娛樂記者。眾星雲集，所有參與過拍攝的明星和工作人員都到齊。當最後一場戲完成，導演喊出「卡」的時候……

爆出歡聲，叫好聲與鼓掌聲不斷。

莎夏眼含著感動的淚水，和雅立站在一起，用力地拍著手，目光直視著那位接受眾人致敬的焦點。

文傲宣佈，殺青酒會將在明晚舉行，敬請大家準時參加。

這些日子，文傲和莎夏進入熱戀期，就連現在。她只不過遠遠看著他，都有一種熾熱甜蜜的感覺。

察覺到她的目光，被記者們團團圍住的他，抬起頭來，朝她那兒微笑。

「導演，恭喜你殺青了，請問這部片何時會上映？」有記者發問。

「預定是明年，確切的檔期我還不知道，但當然希望是節日的重要檔期，不過我還沒剪好，後製也需要一些時間。」

莎夏和雅立站在一起，擺著姿勢拍攝照片，這是演員的責任，而同樣熱門的雅立，等一下應該也會有記者提問和採訪。

「湯湘君！」

這個聲音很熟悉，熟悉到莎夏和雅立同時朝發聲處看。

田思云臉色死白，正朝著他們的方向走來，而急著追在後頭的就是宋成寬。

她來做什麼？

莎夏才剛想完，走到她面前的田思云就揚手給她一巴掌。

啪地一聲，眾人還沒反應過來，田思云又抬起手來，又甩了她一巴掌。

這次有幾個機警的攝影師按下快門，閃光燈不斷地閃著。

莎夏只覺得臉上火辣辣地，痛的感覺慢半拍，現在才反應過來。

沒想到眾目睽睽之下，田思云居然會動手打人，以她對田思云的瞭解，她一向習慣耍陰的，從來都不是潑婦型的，是什麼讓她失去理智？

當田思云再抬起手，被雅立一把抓住。

「田思云，妳夠了沒？」雅立沉聲喝斥。

田思云憤而發笑。「我夠了沒？」

雅立將對手往前一引，重重地將田思云甩到才趕上的宋成寬身上。

「管好你的老婆，別讓她來外頭撒野。」

太猛了！這場戲比什麼都好看。

只見記者如潮湧般漸漸擠到他們身邊將他們圍繞住。

席琳正冷冷地旁觀著，嘴角漾出笑容，一副看熱鬧的表情。

文傲低聲命令李宏召來保全人員，做危機控管，他往前走去，雖然是水洩不通，但發現他在走近，還是讓出一條道讓文傲通過。

宋成寬拉住田思云往後扯，「走吧，這不是妳鬧事的場合！」

「我鬧事？你沒有心嗎？」田思云惡狠狠地掙扎著，眼神就像瘋狂的野獸，手指著有點嚇傻的莎夏，「還是你心裡全裝滿了那個女人？宋成寬，你的眼睛爲何總是看不到我？」

雅立將莎夏護在身邊，他覺得很自責，明明他站那麼近，卻沒有保護到她，事件實在太突然了，誰曉得田思云會突然發瘋。

「宋成寬，帶走她。」雅立憤怒。

田思云回頭瞪視石雅立，「學長，你別太得意，看了這個你一樣會發瘋。」她從皮包甩了一疊東西在他面前布景用的案桌上，「你才是該管管你身邊那個女人，讓她離我的丈夫遠一點。」

是照片。

一疊全是照片，被田思云這樣一甩，全四散在桌面。

最上面那張，是那天宋成寬載著她逃離狗仔的照片，莎夏苦笑，原以爲逃離了狗仔，但卻沒有逃過相機的視線。

田思云居然找人監控宋成寬，這樣的婚姻實在可悲又可憐。

她抬眼看宋成寬，他的眼中隱含著心痛和歉意，雖然面臨這樣的窘境，莎夏卻怪不了他，反而同情他。

宋成寬半環住田思云，想帶走她，「走吧！這是我們兩個的事，不關湘君的事。」

那天，莎夏威脅要跳車時，宋成寬就知道希望渺茫，莎夏不可能再接受他了。

「成寬，忘了我，重新開始生活。」莎夏這麼溫柔地對他說。

「湘君，我很想妳。」

「美好的過去就讓它留在回憶裡，這不是很好嗎？何必被回憶牽絆沒法子向前看呢？既然你選擇了思云，就好好地走下去，我已經往前看了。」

她就這麼離開了他，沒有留戀，宋成寬看得出來。

那曾經的眷戀和痛苦，還有感情的掙扎，現在的莎夏眼底，就連一點點也找不出來了，這讓宋成寬很絕望。

事實雖然很痛苦，讓人後悔，但人生就是一連串錯誤的選擇，不是嗎？

他因爲這個錯誤失去最愛的女孩，他將用一生來懺悔和等待，也許有一天，他能忘記這個痛楚，重新開始生活。

但要重新開始，他還是要面對之前的錯誤，更正走過的叉路，於是他還是跟田思云談離婚。

在宋成寬心裡，與其做一對怨侶，不如兩人分開，就像莎夏所說，未來往前看，也許對雙方都是更好的發展。

但田思云卻像瘋了一樣，她怎麼都不信他跟莎夏已不可能復合，不知自省，只覺得自己的婚姻被破壞，一心想拿著這些照片報復，直到造成這種難堪的場景。

文傲排開眾人，獨自走上前，他知道目光都聚集在他身上，畢竟他也是緋聞的主角之一。

他用手撥開那疊照片，一張張順著他修長的手指滑開，他很仔細地看，一張也沒有看漏。

莎夏的臉色發白，心墜落谷底，文傲看了那些照片會有什麼想法？

那天宋成寬堵住莎夏，曾擁住她不放她走，後來雅立上前護她，沒想到除了他們之外，暗中還有別人，這些可怕的照片已足以斷章取義。

文傲翻過幾張宋成寬抱她、吻她的照片，還有莎夏在石雅立懷裡的照片，三人對峙的照片。

他收拾起照片，慢吞吞地，任由那些閃光燈不停照著他，然後把莎夏和雅立都拉過來身邊。

「這都是一場誤會。」他說。

眾人皆睜大了眼睛，事實在此，百口莫辯，但文傲居然可以睜眼說瞎話，說是一場誤會。

文傲低頭看莎夏臉上的紅印，眼中閃過不捨和怒氣。

再來，他將莎夏由雅立身邊拉進自己懷裡，緊緊摟住她的腰。

這是什麼情況？

鎂光燈又一陣亂閃。

原本的四角戀情就已經夠複雜，新歡舊愛加上第三者奪愛，莎夏看起來就是一個狐狸精，沒想到文傲又自己跳下水。

「文傲先生，可以麻煩您講清楚一點嗎？」

「是啊！爲什麼說這是誤會？」

文傲輕輕點頭，「當然。」

「戲裡有幾場激情戲和爭吵，莎夏的表現一直不夠到位，讓我不太滿意。」他笑著眨眨眼，表情很俏皮，「可能因爲跟雅立太熟的關係，她吵不起來，有一度還讓我很嫉妒。」

周圍傳來笑聲，文傲的表現漸漸將這事轉成輕鬆的情侶口角和韻事。

「那跟宋成寬先生有什麼關係呢？」

文傲一看，發問的是《讀報周刊》，就是之前當席琳打手爆料的那個周刊。

「於是我只好請她加班，特別指導，因爲宋成寬先生的身高跟雅立差不多，又一直在我眼前晃，我就一時興起，請他加入排戲，看看效果如何？」

文傲成功地激起眾人的好奇。「結果呢？」

「結果只好改劇本了，你們可以去訪問編劇，這次辛苦他了，臨開拍還一直改劇本。」

雅立硬繃著臉不笑出來。他眞是佩服文傲，連改劇本這件事都能被他拿來利用，編了進去。

「瞧。」文傲故作不屑地把照片推出去讓記者看，「就是這些照片，看起來全像是兄妹吵架，我怎麼能讓這種表現出現在我的劇裡。」

原本看起來很曖昧的照片，被他這麼一說，看起來眞的有些生硬不自然，如同表演失敗。

「我以爲莎夏跟雅立是學長和學妹的關係，太熟了，所以演不好，結果找來宋先生幫忙，怎麼想到宋先生也是他們同校的校友。」他一攤手，「結果，這三個兄妹就在這裡相認了。」

一陣大笑。

文傲在笑聲漸歇之後，拿出另一張照片。

「你們看，連我也被拍到了，我在旁邊的表情是不是很無奈？」

莎夏還記得那天，她和雅立一轉身，文傲就在那裡冷漠地看著他們，沒想到這張照片也被徵信社照下來了。

雅立鬆了口氣，這種事就是看圖說故事，說得好就能脫身。

有誰會比文傲說故事的能力更好呢？原來他剛才翻看那些照片是這個用意，雅立不得不佩服他。

《讀報周刊》仍然不放手，「文傲先生，那張莎夏小姐和宋先生同車出遊的照片呢？可以解釋一下嗎？」

文傲點頭，「照片下角有日期，如果大家有注意到，就會發現是《讀報周刊》出刊的那天，多虧了你們的報導，那天莎夏被記者們埋伏，所以我就拜託宋先生載莎夏出去，只是搭個便車，之後她就獨自下車了。」

他再次抽出莎夏下車的照片，也有她離開的照片。

被他這麼一解說，現在宋成寬和莎夏兩人只是學長學妹的舊識，關係是一乾二淨，事件的起因已漸漸導向宋成寬家有妒婦的方向。

文傲將莎夏摟在身前，投下另一顆震撼彈。

「不瞞各位，我們倆已經決定要結婚了。」

什麼？

莎夏抬起頭來看他，不知道他爲何這麼說。

「我們本來想過一陣子再說，你們想想看，新片殺青的宣傳，誰想要模糊焦點呢？但我一時失察，造成人家夫妻失和，爲了要解釋，也只好這樣了。」

鎂光燈轉向田思云身上急閃，她成爲眾人眼中的笑話。

文傲把照片再度攤在案桌前，都是莎夏和雅立，莎夏和宋成寬，再加上三人對峙的照片，但現在眾人看這些照片的眼光都不同了。

「文傲先生，石雅立先生不是曾跟莎夏交往？」

「這個，就由雅立自己回答。」文傲將雅立推上火線。

「小姑娘……」雅立挺身而出，指著發話的記者，「沒錯，就是妳，妳提到我的傷心事了，一直以來，我都是煙幕彈啊！」

他搞笑地遮住臉故作掩泣狀，引發一陣笑聲。

當雅立放下手，表情高興得很，正色對大家宣佈，「緋聞都是你們寫的，我眞的很無奈，誰說莎夏跟我是一對的？解釋你們也不會信的，都是你們害得我找不到好對象，有這個大美人在身邊，好女孩都不肯靠近我。」

他又怨又氣的耍寶模樣又是逗得一群人哈哈笑。

文傲豪氣地說，「歡迎大家來參加我們的殺青酒會，今天有到的人，一個也不許跑，一定要來！」

「一定一定……」

「這麼熱鬧，我們才不會放過呢！」

氣氛歡樂，現在田思云和宋成寬反而沒人注意了，焦點全在文傲他們幾人身上。

聽見莎夏的婚訊，宋成寬萬念俱灰，他默默地轉身離開，田思云如行屍走肉般跟著他身後，離開時沒人注意到他們。

最後，宋成寬留戀地再看莎夏一眼。

永別了，湘君。

雅立約文傲到家裡小酌，今天宣佈的事，他不得不在意，雅立已經習慣維護莎夏了，她也是他最好的朋友之一，若今天文傲只是危機處理，或是一時興起，他希望能夠補救。

「文傲，我知道你跟湘君之間有著吸引力，一直以來你看著我的眼中閃著嫉妒的綠光，剛開始我覺得很有趣，但今天……我不這麼想了。我跟湘君一起求學，她對我不止是一個女人而已，還是好朋友，我不希望你傷害到她。」

「雅立，我知道你們的年紀相近，你對她的看法可能也和我不盡相同，像你覺得她聰明，但我卻不，這也沒什麼關係，我並不是看上她的智慧，你和她是很好的朋友，也許她對你還有眷戀，我都不在乎，我知道她對我有感情……」

「不是這樣，我跟她不是……」

「我不想聽，我不在乎，上回我就已經表達得很清楚了，你不必再提。」

他認識莎夏晚，但他終將成爲她生命中的主線，雅立不會成爲他和莎夏之間的障礙，她是否眞不解人事也不那麼地重要，宋成寬或石雅立都是過去。

雅立突兀地放下手中的杯子而站起來，他有些醉了，這個動作有些宣示意味，畢竟他最好的朋友要嫁了。

「文傲，你如果負了湘君，我保證絕不會放過你，即使你是我的好友也不例外。」

嫉妒的燙熱岩漿流過文傲的心，緩慢而不留情地流過。

「她對你的意義大過我們多年來的友誼？」他不能制止自己的目光嚴厲地掃過他，「我不能想像……就爲了一個女人？」

「我說過，她不僅僅是一個女人。」還是他最要好的朋友。

文傲的心猛然抽痛，嫉妒的痛楚啃噬著他，雖然他決定不在乎莎夏的過去，但聽見另一個男人談論他的愛人又是另外一回事。

「雅立，看在朋友的份上，祝福我們。」文傲一臉戒備神色。

雅立會有什麼反應呢？

他會失去一個朋友嗎？

還是他會誠心地祝福他？

「當然。」雅立的臉上漾開一抹笑意，「你們什麼時候舉行婚禮？」他向前擁住他道賀。

文傲訝異，他發現雅立是誠心爲他高興的，他釋然了，縱使他和莎夏曾經是情人也是過去的事了。

「謝謝你。」他回應地擁抱了他，而後退開拂下散落前額的頭髮，「我還沒有向莎夏求婚。」

「這可要不得，戲殺青了，又經過那麼多麻煩，你要是不快點行動的話，說不定湘君又不知道跑到哪兒去躲起來了。」

「她會躲起來？」文傲的臉色沉鬱難解。

雅立哈哈一笑，「一碰到有事煩她就搞失蹤，惹禍也會搞失蹤，這恐怕是從小養成的習慣，因爲她老爸好不容易找到孩子，高興都來不及了，又怎麼會責罵她呢？她從小就是個鬼靈精。」

「孩子在闖禍之後都會逃跑的。」

「別傻了，湘君很聰明，你可要提防，別被她賣了。」

文傲笑笑，沒放在心上。

「你不相信是吧？沒關係，如果我不是親眼看見，我也會以爲莎夏是個沒大腦的花瓶。」雅立陷入回憶中，嘴角因笑意而微微地上揚著，「我們讀書的時候，因爲有一個教授對莎夏圖謀不軌，還用學業成績威脅她，那人是一個心理有偏差的性別歧視者，認爲女性是第二性別，最後……」他忍不住笑了出來。「他的實驗室幾乎全毀，哈！我到現在還不知道她是怎麼弄的，他費了好幾年的實驗，一下子就……砰！結束了，你沒看見那個場面，眞是壯觀。」

文傲疑惑，他說的莎夏和他認識的是同一人嗎？

「什麼實驗室？我以爲莎夏是主修戲劇的。」

雅立一愣，「戲劇？她告訴你的？」

文傲回頭細想，莎夏確實沒跟他提過她的學生生活，現在想起來，她提起自己的時候並不多，可以說是少得可憐。

「沒有。」他喉嚨乾澀，「她沒有對我說過。」

雅立頷首，「她讀的和化學有關，她家開的是化妝品公司嘛！不過，究竟詳細的項目是什麼，恐怕你要問她才知道，對我來說，那太複雜了。」雅立用手扶著額頭，作出個頭疼的表情。

「她的成績很好嗎？」

「很好？」雅立笑嘻嘻地，「若只是好才不希奇，莎夏每次的成績都正好在及格邊緣，就好像她特意算好的一樣，一點也不多，當然也不會少，我們以前都以爲是教授放水才讓她通過。」

文傲沉吟。「成績不好還敢惹火教授？」

「你是指破壞教授實驗室這件事？」雅立咧開一臉的笑容，「她做得天衣無縫，他們根本就查不出來，我不是已經告訴過你了嗎？我根本不知道莎夏是怎麼弄的，事發當時她也不在場，雖然她跟我解釋過幾次，但我還是有聽沒有懂。」

「太扯了，我不相信！這是巧合吧！」

莎夏會有這樣的能耐？那她早就應該踏入科學的領域，怎會在這個圈子裡混？

雅立咯咯地輕笑，「這也不能怪你，我要不是有幸參與她的計劃，我也不會相信一個嬌滴滴的美人兒會擬出這麼細密的計策，周詳的步驟讓我佩服得五體投地。」

話畢，他疑惑地看著文傲擰緊的雙眉。

他說了什麼凝重的話嗎？

「文傲，你若是娶得像莎夏這麼聰明的老婆，就是你前世修來的福氣。」

如果莎夏眞是如他所說的，那他對莎夏的瞭解太少了，文傲原以爲他知道莎夏的一切背景資料，自認對她的一切都瞭若指掌。

「文傲？你怎麼了？是不是不舒服？」

他的情緒夾雜不清，「不！有些事心煩，前天家裡又出了一點狀況。」文傲苦笑，「說我爸爸病倒了，你知道我媽媽和她那些妯娌，一天到晚找機會騙我回家。」

雅立能瞭解他的心情，「你擔心伯父眞的生病，所以心情煩躁是嗎？」

文傲點頭。他本想袖手不理，他已經算不清他們用過幾次這個手段騙他回去了。

「上回是說我媽生病，再上回也是我爸，沒想到這麼快又輪回他這邊了。」

他很幽默。

「就是因爲屢試不爽……所以他們才故計重施。」

「頭疼！」文傲用指腹按摩著太陽穴，「我是會回去，反正這兒的事情也差不多快結束了。」

「順便再帶個兒媳婦讓老人家高興一下吧！」

文傲每個思維都掛在莎夏身上。

人可以自以爲愛上一個人卻完全不瞭解她嗎？

誰能回答他的問題？當然他自己提不出答案。

他願意娶一個像雅立口中那樣的女人爲妻嗎？

他想起她在海邊捧起海星的可愛模樣，唇角微揚。

文傲不能將雅立所說的那個女子和莎夏連在一起，他的理想對象應該是溫柔可人，不花腦筋的可愛女孩，就如同莎夏一直表現出來的一樣。

戲不是拍完了就能上映，還要經過剪接和後製，所以文傲仍是很忙，這些天也很少連絡她，莎夏隱隱覺得不安。

她一個人渾噩地生活著，叫了外賣，只想吃吃喝喝混過日子。

混亂過後，莎夏只覺得暈眩和昏亂。

在那個地方發生的事就是虛幻，文傲仍然是那個目空一切的天才導演，能將事實翻轉方向，起死回生。

當外賣送來，莎夏看著面前的大堆食物，有種自暴自棄的滿足感。

她將錢付給他之後，正要提進去……

「我幫妳拿進去！」一個低沉有磁性的聲音傳來。

「文傲？」莎夏猛一抬頭，「我不知道你會來。」

她任他接去手上的食盒。

「怎麼？不歡迎我來？妳不高興看見我？」他眼中充滿眷戀。

她踮起腳在他唇邊印下一個吻，文傲將食盒放在地上，伸手壓住她的背脊，加深了這個吻，直到兩人氣喘吁吁，全身發熱。

「我只是被你嚇了一跳，也不曉得打個電話讓我預先有個心理準備，至少可以打扮一下。」

「妳不管怎樣都好看。」他開心地笑了。

文傲拎起食盒到餐桌前。

「幫我把菜放在盤子裡？」

文傲頑固地搖頭，「不！那是女人的工作。」

「那你負責什麼？」

「我負責吃。」

看他那個死樣子，莎夏無奈，只得自力救濟，不要指望文傲幫忙了。

她以爲在這些時候的相處之後，文傲已經有些改善了，他會像個紳士般護著她，例如他剛才溫柔地替她拿東西進來。不過……

照現在這個情況看來，他只不過在盡男人應該做的「工作」罷了，他的大男人主義還是和從前一樣地嚴重，一點都沒有改變。

「妳有客人？」

「沒有。」

文傲失笑，「一個人吃那麼多。」

莎夏嘟起嘴，「我會賺錢，吃不垮的。」

雖然文傲不幫忙，但也不是在一旁袖手，文傲看著她忙得滿身大汗，心中不捨地去將空調打開，還拿了個風扇在她身後吹著。

莎夏又感動又好笑地對他說：「天！這老東西你是在哪兒找出來的？」莎夏盯著那個可能是幾十年前產物的風扇，「那說不定是博物館託我爸爸保管的古董，快把它放回去。」

「眞的嗎？」

他退後半步，仔細端詳那個貴重的電風扇。

莎夏被他認眞的樣子逗笑了。

「當然是假的，快把它關掉，菜會被吹涼的。」

文傲順著她的意思將風扇關掉。

她綻開笑容，文傲看著她如蝶兒般飛來飛去，微笑地將雙手插入口袋中，握入其中的那個盒子，那裡面裝著他想送給她的東西。

「莎夏……」

她抬起頭對他柔柔地笑笑，讓他整顆心緊縮起來。

他掏出了爲她精心挑選的戒指，它正美麗地躺在珠寶盒中等她打開，「這個希望妳喜歡。」

珠寶？

她怔怔地看著他手中的盒子，接受男人的饋贈代表什麼，她想起席琳那輛張揚的跑車，聽說那就是文傲送的，他對女友一向大方。

這珠寶一定價値不菲，莎夏受傷想，他怎能將她視爲他平日交往的女人，想用珠寶買她？她後悔把心交給他，給他傷害她的能力。

「來，」他直直地將東西遞到她手上，莎夏被動地握著那個精巧的盒子發愣，「打開來看看！」他鼓勵著。

莎夏打開盒子的速度緩慢，文傲敏感地發覺她對貴重的禮物並不感興趣，女人不是一見到珠寶盒就眼睛發亮嗎？

他不確定地搜尋她臉上的表情，想找出她不滿意的證據。

「妳不喜歡？」他試探地問。

盒中美麗的海星正閃閃地發著亮。

她很喜歡，但晶燦的鑽石閃著冷光正嘲笑她，笑她以爲能漸漸改變文傲，笑她以爲文傲對她有眞情，笑她可以爲許多他們之間的點點滴滴而感動不已，莫名其妙就陷入情網中，而那人卻用這種態度回報她，想用昂貴的珠寶軟化她。

眼淚頓時撲簌簌地滴下，一連串地落在她面前的餐桌上。

她無聲的哭泣更顯得激痛和酸楚，深深地震撼了文傲，讓他也感染了她的心痛，雖然他並不知道確切的原因，但莎夏絕對不是喜極而泣。

「我做了什麼？」他用力地帶她入懷裡，「別哭……」

他愈哄，莎夏就愈傷心。

「都怪我自作主張，我應該徵求妳的意見，妳不喜歡沒有關係，我們再重新訂做一個，千萬別哭，我不愛看見妳的眼淚……」他語無倫次地哄著她。

文傲沒說謊，莎夏的淚水絞痛他的心，她蒼白的臉指責地朝著他，讓他覺得心痛難忍。

莎夏推開他，向後退了好幾步直到碰到後頭的柱子，「我才應該問，我做了什麼？讓你覺得可以用這個……」她揚了揚手中的盒子，呼吸急促，「用這個買我？」

「該死！」文傲向前抓住她，莎夏轉過身子卻被文傲強力扳回來面對著他，「妳在哪兒得到這個荒謬的結論的？」他攢緊眉頭，「妳對我的評價就這麼不堪？我不會用珠寶去收買任何人，尤其是妳！」他揪心搜尋著她面上的表情。

「那你爲什麼……」

「妳喜歡星星，我就給妳星星。」他忿忿地拿出另一個盒子打開，「還有這個，這是訂婚戒指。」

莎夏呆了，她完全沒預料是這個答案，太令人……令人不敢置信。

想到自己過激的反應，莎夏羞赧地垂下頭去道歉：「對不起！」

文傲很氣憤，她完全破壞了自己的計畫，他原先以爲她看到海星鑽鍊會喜極而泣，之後他再拿出備好的求婚鑽戒，就像戲劇到達最高潮，完美的結局。

她怎麼會笨成這樣……石雅立還稱她是前所未有的聰明女子？他誠心誠意的求婚卻被人如此地誤解，要是別的女人敢這麼對他，他老早就拂袖而去了。

「我不想聽見妳說對不起，」他執起她的下巴，直視入莎夏眼中，「我想知道答案。」

「答案？」她輕聲地呢喃著。

他將她摟在心口。「我們何時結婚？」

他還是那麼地霸道，但她在這個時候卻無心去埋怨他，她的心情從谷底緩緩地升起，喜悅的泡泡在心中一個個地爆開，感覺昏眩得不像是是眞的。

她驚喜地看著手中的鑽鍊，沒想到才一轉眼的時間，她的心情就有了一百八十度的轉變，天地整個都翻轉過來了，她沒有眞實的感覺。

「這是海星……」她驚喜地低笑，「這不是眞的，等一下我會發現自己其實在作夢，我躺在床上剛起來。」她的話語讓文傲以一個熱吻封緘。

他低下頭吻她的咽喉，「我的吻有溫度吧？這是夢嗎？」他順著她胸口撫下，唇慢慢地移到莎夏耳畔，「我的手不溫暖嗎？妳感覺不到我的心跳？我的熱情不真實嗎，怎麼會是夢境？」

「是的。」她呢喃著，禁不住要回應他的熱情，「可是我不知道……」

她忘了她原先的顧慮是什麼？

文傲得意地笑了。

「妳不知道該選什麼日子才好是嗎？」他體諒地點點頭又說：「我明白女人總是拿不定主意，妳要和妳的朋友們商量嗎？」他輕點她的鼻頭，「我就給妳時間討論好了，但不能太久，我不想要有個長久的訂婚期。」

百忙之中抽空前來就是就是爲了向莎夏求婚，當決定以後，文傲不能再等候一分或一秒，要立刻定下莎夏，想馬上就知道她的答案。

他要一切完美，所以花了時間等候海星鑽鍊的戒指，本來一切都在他的預料之內，除了莎夏剛才的脫序反應。

至於那個原先他娶妻的標準，他想通了，讓他以前定的那些標準去死吧！他想娶的是莎夏，不是他心中預定的那些新娘標準。

就算眼前立即出現一個符合的標準人選，文傲知道他要的仍是莎夏，唯有莎夏一人而已，他要是不快點將她拴住，他很怕。

怕會像雅立預言的一般，新娘跑掉了怎麼辦？

「文傲，我……」

「放心好了，我的無腦小星星，妳就當一輩子海星吧，所有事都交給我處理。」

莎夏安心地笑了，他就像大海，她將安靜地住在他懷裡。

第十一章

文傲和莎夏兩人的婚約在媒體已經披露，文傲爲表慎重，威廉老爹是外國人，對於這方面沒有那麼講究，所以文傲就請莎夏約了父親和姊妹們在家裡一起用餐，算是正式提親。

薩奇跟湘堤的事也算是定下，因此他也一道參加。

她照例請飯店來家裡操辦宴會，就辦在山上的別墅裡。

席間，莎夏嬌羞地展示著她的訂婚戒指，做父親的很開明，不論儀式或是要用何種禮節，都由年輕人決定。

「是你們最重要的回憶，要好好地辦。」這是他唯一的建議。

薩奇用著取笑的語氣說：「不會還有別的好消息吧？」

言下之意是懷孕了嗎？文傲在桌上狠踩他一腳。

莎夏可以感到到姊姊關心的目光，剛認得文傲時，她就警告過她了，可是……

她卻在明知文傲的危險還抗拒不了他的吸引力。

兩個妹妹快樂地祝福著他們。

「沒想到一下子就有兩個姊姊要嫁出去了，多了兩個姊夫應該有些好處吧？」

「有什麼想要的儘管說，姊夫都給妳們弄來。」

一家人和樂融融，笑語不斷，文傲感覺溫馨。

她就是在這樣的家庭長大的？他感動地想。

餐畢，威廉老爹帶著兩個小女兒先行告辭，留下薩奇和文傲這兩對未婚夫妻。

薩奇和文傲本就是好友，現在又成了連襟，自然是很高興，「太好了，我應該恭喜你，現在我們親上加親了。」

「怎麼你的用詞老讓我覺得怪怪的。」他微笑接受祝賀，「我和莎夏要結婚了。」

文傲很坦然，還有種期待。

湘堤抓著莎夏的手，「對不起，我們都已經吃飽了，我想……也該讓男士們獨處一下，你們就說些我們姊妹倆的壞話好了。」

湘堤藉故說要跟莎夏借些飾物，將她拉到房間獨處。

進了房，莎夏靠著衣櫥看著姊姊，她正背對著門站著，面對著莎夏。

莎夏很清楚姊姊想問些什麼，從進來到現在她就旁敲側擊地拉拉雜雜地說了一大堆，但連重點的邊兒都沒搭上。

「好了，妳想要說什麼？」莎夏背轉過身去說，「妳想問什麼儘管問，不過我並不負責回答就是了。」

湘堤歎了口氣，「莎夏，妳已經不是小孩子了，不能一碰到問題就躲起來，也不行轉過身去逃避。」

「我不曉得妳在說什麼？」

她確實不能面對自己的感覺，想到一開始在姊姊面前大言不慚地說要教訓文傲，現在又愛上他，莎夏覺得面上掛不住，很難告訴湘堤她對文傲的眞感情。被發現她愛上文傲，那她實在太難堪了。

湘堤沒有戳破她的防衛，只是關心地看著她。「妳和文傲眞要結婚？」

「對，文傲和我要結婚了。」

「湘君，婚姻不是兒戲。妳確定要嫁給他？不要再考慮一下妳和他之間的一些差異？」

「妳懷疑我的選擇？」莎夏努力地不使自己的聲音透露出自己的眞正心情。

「他愛妳嗎？」湘堤忽略莎夏的問題。

莎夏仔細地想。

他好像沒說過。

「我不知道。」

「那妳還跟他結婚？」

「我想……他覺得我們彼此合適。」

湘堤清清喉嚨，「人們通常爲了較重要的原因而結婚。」

「我不這麼認爲，人們通常結婚的原因太多了，有些甚至和兒戲沒兩樣。有的爲名，有的爲利，眞正爲了愛卻是少之又少。」

「我擔心妳，莎夏。」

「妳不必如此的，文傲不但才情好，而且系出名門，他的家世是像我這種棄兒一輩子夢寐以求的，嫁給他是不會受虧待的。」她喃喃地安慰著湘堤。

她不以爲她在乎的是這個，但湘堤擔心莎夏會不會爲了一時之氣嫁給文傲，那天她在她那兒怒罵文傲是大男人主義的殘渣，那些話好像還歷歷在耳邊，沒想到才沒有多久，她就要嫁給那個她鄙視的沙豬了。

「莎夏，妳該不會還在夢想教訓文傲的大男人想法吧？」

「妳指的是什麼？」

「上次妳在宴會上無意間聽見文傲和別人說話，還氣得半死，說這種男人實在太糟了，要在他面前裝溫柔可愛乖巧來騙騙他，不是嗎？」

莎夏臉紅了。

「莎夏，妳別任性地拿自己的終身幸福開玩笑，文傲是個好人，他也不該被妳拿來當試驗品，沒有人會願意被人洗腦或教訓，既使是自己的妻子也不行。」

「我明白。」她轉過身，一副不想多談的樣子。

湘堤無奈地看著她，「所以我要給妳我的勸告，若是妳想要有自由的生活，要是嫁給文傲，他會毀了妳的生活，妳對他也不會有好的影響。」

「我瞭解。」

但是瞭解並不足以改變她的決定。

「對了，妳要是結婚，雅立怎麼辦？妳不是已經和他交往一段時間了嗎？我一直以為他是妳最後的選擇……」

莎夏正想開口打斷她，沒預料到有人先她一步……

「看來我來得不是時候。」

她們倆震驚地看著不知何時出現的文傲，他的臉上並沒有特別的表情，平靜地超乎尋常。

「你來這兒多久了？」

莎夏說出她能想到的第一個念頭，她怎會沒有聽見任何聲音呢？

「夠久了。」他淡淡地說著，並用眼睛巡過莎夏的身子，「妳們把我們忘在外頭夠久了，我來提醒妳們儘快來加入我們。」

「好的，我把莎夏借我的首飾收好就出去，你們可以再等一會兒嗎？」湘堤不自在地說。

「當然。」

他頷首同意，走到門口後轉身離開。

「老天！他聽到了多少？」湘堤呻吟。

「不管他聽見了什麼，都足以證明我是個心機深沉的淘金女郎了，也是他最討厭的那一種。」

莎夏緊握著拳，不安地盯著那扇洞開的房門。

薩奇和湘堤告辭後，莎夏像受刑者伸長了脖子似地等待文傲的詢問。

但他就像沒事人兒一樣地一聲不吭坐著，也看不出他有什麼感覺。

她在心中默默祈禱，希望他聽見的並不多。

「我也要走了。」

他向她示意，等莎夏站起來送他到門口。

她雖然還是不習慣，但仍然順從。

「我們的婚禮就定在下星期一吧！細節我會辦好，到時候叫李宏通知妳時間，我最近剪接花很多時間，可能有一段時間都不過來。」

他什麼也不問？莎夏驚疑地看著他。

他不是聽見湘堤和她說話的片段？

莎夏欣喜地認爲……如果他對這些都能無條件地接受，那麼他們或許能夠白頭偕老，就算文傲一輩子不開口說愛，也許心裡是愛她的。

文傲見她不說話，就當做她默許了，在深深地凝視她片刻之後，他轉身，頭也不回地離開。

而莎夏因爲還沉浸在自身雜亂的思緒中，仍沒有發覺……

文傲這回的道別，冷淡地連一聲再見也沒有。

第十二章

結婚當天。

莎夏有一百個逃走的理由，但是她一個也沒採納。

文傲決定在教堂結婚，莎夏並不是教徒，也沒有確切的宗教信仰，所以她沒有提出反對。

她可能也沒辦法當面向文傲提出意見，從那天到現在，她可悲地沒見過文傲半面，更別提和他討論婚禮細節了，什麼事都要透過他的秘書李宏。

莎夏寧願把話留到見到文傲的時候再說，這場婚禮根本就不需要她，除了尚欠一個新娘走過甬道之外，莎夏覺得自己根本就是多餘的。

挽著父親的手慢慢地走過，教堂中擠滿了她不認識的人，在他們眼光中，她感到自己像是待宰的羔羊。

她的姊妹們坐在前頭給她祝福，而新郎家人那一邊卻連一個人也沒來，想必他沒有通知他的家人，莎夏因不受重視而感到受傷。

整個婚禮過程昏沉地度過，最後在文傲親吻她之時，掀開面紗，她看見他冷冷地對她一笑，冷得讓她毛骨悚然。

「妳將自己賣了個好價錢！」他冰冷的唇碰觸到她，「不過究竟是誰贏得大獎……那就不知道了。」

在眾人的恭喜聲中，莎夏瞬間結冰，彷彿聽到自己碎裂的聲音。

她是他所見過最美的新娘了，也是最狡詐的。

文傲不停地自問，爲什麼他在明知她本性之後，仍願意娶她爲妻？可能他已對所有的女人失去信心吧！他否認那份牢牢箍住他的那份深情。

「走！」才走出教堂，他就猛拉著她進入大車中。

「去哪兒？」

莎夏的問題沒有得到答案，也許文傲覺得沒有回答她的必要，她想解開他們之間的誤會，但他不理不睬的態度也激怒了她。

今天的文傲該死的英俊，連冷酷的表情都沒有稍減他的魅力，莎夏注意到在教堂裡有許多女人用羨慕的眼光看著她，每個人都希望取代她的地位。

文傲像沒意識到她似的，閉上了眼睛假寐。

看誰憋得久！莎夏賭氣地想，也學著他在車上閉目養神。

他們在機場下車，坐上了專機。

「何必這麼奢華呢？」她終究是忍不住先開口了。

他露齒森森一笑，「我要妳覺得值得，希望妳也讓我有同樣的感覺。」

莎夏打個顫，他說的話連人氣都沒有，更別說溫暖了，這是一個新婚的新郎該有的感覺嗎？

「文傲，你是怎麼了？」她有些困難地開口。

而她的努力只得來一個譏誚的斜睨，「我很好啊！當一個男人得到這麼美的裝飾品來增加他的收藏，怎麼會不得意忘形呢？」他說話的語氣又緩又清楚。

「裝飾品？」她碎不成聲。

文傲聳聳肩，「有的人為名結婚，有的人為利結婚，也有些人只是為了微不足道的理由結婚，就像我……只是為了增加收藏而結婚。」

莎夏紅了眼眶，「不……文傲，我可以解釋。」她必須挽救一開始就出錯的婚姻。

他的笑容隱去，那原本就只是保護色而已，「我忘了還有人是為了得到更高的地位而結婚，我很遺憾要告訴妳……」

莎夏仰起頭迎向他，她傷了他，應該要給他一個解釋，也應該接受他的憤怒。

「妳不該放棄雅立的，其實雅立的家世不遜於我，妳放棄的可能是另一個大獎，損失更為慘重。」他放肆地大笑。

那笑聲重重地擊在她心上，痛得讓她在椅子上蜷縮了起來。

「你既然已把我看得這般不堪，為何又要娶我？」她嘶啞地問。

正當她以爲他沒聽見她的問題，要重覆一遍的時候，文傲淡淡地說：「這不重要！重要的是……我已經將妳看透了，既然瞭解妳的本性，一切就好辦，我們可以各取所需，對於我來說……有一個妻子會方便很多。」

方便？她居然只是別人方便的對象，莎夏驚惶地看著眼前丈夫的冷淡神情，她怎麼會以爲他對她有感情呢？怎麼會以爲能讓他愛上自己呢？

她眞的想要這種婚姻嗎？她慌亂地搖著頭，他不愛她是一回事，她的愛情夠他們兩個人用，可是……若被他憎恨的話，她該怎麼支持下去？

「不！放我走。」她衝口而出，「我不想要這樣的婚姻！」

「又想重投宋成寬懷抱？還是想要回去找雅立？」他由齒縫迸出這段話，「不用費事了，我已經邀請雅立到我們家度假了，可是……」他狠狠地盯著她，「妳除了看到他之外，絕不准將他帶到我們的夫妻生活裡，我不想和任何人分享我的妻子。」

莎夏委屈落淚，他此舉無非是在折磨她，她和雅立只是單純的朋友。

「這是爲了我嗎？」他傾身用手指掬起她一滴淚水，「還是爲了雅立？可惜他也是我的朋友，妳是永遠失去了他，雅立是不會背叛我的。」

「看來你相信他，更甚於相信我。」她哽咽著。

「妳的悟力很高！我確是如此，雅立値得我的尊敬，和某個天才模特兒不同。」他漠視莎夏淒楚的神情，雖然他經由傷害她也傷到了自己。

「文傲……我不是……」

陰霾佈滿了他的臉上，「妳不是故意不告訴我？妳不是故意要愚弄我？妳只是忘了告訴我？還是其他我沒想到的理由？算了，不管是什麼原因都沒關係，我並不在乎，妳的智商高說不定會對我將來的兒子有幫助……」

「兒子？」

他陰鬱地笑了，「是的，兒子！妳該不會告訴我……妳不會生育吧？如果妳真的不會生育的話，我就允許妳離婚，畢竟一個生不出兒子的女人，實在不適合我們人丁單薄的文氏家族。」

莎夏徹徹底底被打倒了，她心酸地閉上眼睛，絕望的淚水不住地沁出眼角，滴落在已千瘡百孔的胸口。

「不許哭！」文傲厲聲大吼，恨自己不能堅持地被她虛矯的晶瑩淚珠打動，「我不想要看見一張淚痕狼藉的臉，我已盡了我的義務，妳也該盡一下妳的，別擺出哭喪的臉孔。」

莎夏緊咬住唇，忍住即將出口的啜泣聲，她該怎麼和這樣陌生的文傲一同生活下去？她一下飛機就要跳上最近的一班回程班機逃回家人身邊。

很快地，她的希望就變成了泡影，下了飛機之後，李宏出現在機場接他們，並安排文傲和她改乘直升機回家，向她解釋這是到文傲老家的唯一交通工具。

文傲盯著莎夏的表情，她似乎還沒有從震驚中回復正常。

她是應該害怕的，在這片廣大的文家產業上，若是沒有他的同意，她無法逃到任何地方，所有事情都要經過他的允許。

這也是文家男人一直可以控制他們的女人的原因之一，只要嫁給了他們，就得認命地待在這個私人的海島上，失去了外界賦與一個年輕女性的自由。

而文家的男性則常年在世界各地奔波，放他們的妻子獨守空閨，不重視女權可見一斑，莎夏將成爲她們其中的一員。

他原不想這麼對她，她給他特殊的感覺，文傲曾幻想將帶著莎夏同遊天涯，過著比翼的神仙生活，但是……

幻想終究只是幻想罷了，如今他有新的打算，莎夏成爲他的妻子就該承受文家媳婦的命運，在他厭倦她之後，他就會毫不留戀地拋開她。

當然他會利用她生下他的子嗣，文傲是喜歡孩子的，不管孩子的母親有多麼詭詐，孩子還是無辜的，也是他未來的希望。

莎夏從眼角偷瞄她的丈夫，他將眼光移向遠處，自從李宏出現以來，他沒有對她說過半句話，就連聲也不出，獨自凝思。

她隨著李宏下飛機，才一轉眼時間，她就找不到文傲的蹤影。

他沒有跟她一起下來嗎？

「文太太，文傲吩咐我先帶妳回到文家東方的主屋。」李宏改了稱呼，同情地看著她，可憐她才當新娘沒幾分鐘就被人拋棄。

莎夏抿抿唇，抵擋那從心底漸昇的痛楚和屈辱，她恨別人同情的眼光，也恨被人捨棄的羞恥，她自小就對抗這個感覺至今，棄兒可能都有這個困擾吧！

她曾以爲她早已克服了這個心理障礙，結果事實證明她仍無法釋懷，文傲此舉讓她又狠狠地傷了一次，人總是自以爲自己很堅強，但是獨自被孤伶伶地丟在異地的經驗一次就夠了，何況她還經歷了一次又一次？她沒有想到還能重溫這痛苦的經歷，像惡夢重現，她恨文傲這麼對她，沒有人會不恨這樣殘忍的人。

她當然恨他，她將臉別過一邊，李宏沒有辦法看見她臉上的表情。

「叫我莎夏就好，跟以前一樣，我沒有什麼差別，你不是也稱呼文傲的名字嗎？」而且她沒有身爲文太太的自覺，尤其是文先生不在附近的時候。

她這麼說讓李宏覺得很高興，也討好了李宏，雖然她不是有意的，但至少有一個人心情好也不錯。

他替她拿行李上車。「喜歡妳所看到的嗎？」

莎夏笑笑，他知道他在問什麼嗎？

問囚犯喜不喜歡她的新監獄？

上了車，莎夏等他關上車門，很驚訝地發現李宏仍在等她的答覆。

「我應該喜歡的，這地方很美，不過你所說的東方主屋離這兒有多遠？我好像沒有看見什麼建築物。」她不感興趣地隨便問問。

「大概一個小時車程吧！這座直升機機場座落於島的正中央，在島的四個方向都有建築物，東方是主屋，文傲的父母親都住在那兒。」

「一個小時？」

李宏笑笑：「有些久吧？通常他們都將直升機開到那兒去，可是今天文傲想先去南方的夏屋，我忘了準備另一架飛機，所以只好委屈妳了。」

夏屋來了一個客人，李宏出於善意，隱瞞沒說。

「另一架？我搞不懂這些豪門巨賈的生活，眞的有必要買那麼多？」

「妳不知道嗎？這兒對外的交通工具是以這個爲主，妳除了坐直升機之外，很難找到像這麼方便的交通工具了。」李宏指著前方的山坡地解釋，「這東南西北四個大屋，不論要去哪個地方都有山地阻擋，開車要花很長的時間繞山路，要是直接飛過去就沒有問題了。」

「是嗎？在這個與世隔絕的地方還需要省時間嗎？」她嘀咕著，有時候藉著抱怨可以紓解一下不滿的情緒。

李宏這回可就沒再認眞回答她的問題了，他是很會看人臉色的，知道什麼時候該閉上嘴，就好比現在，還是專心開車，假裝沒聽見莎夏在說什麼才好。

當她到達時天色已暗，但是文家燈火輝煌，將黑夜的感覺驅離，她可以看見這座宅邸的一切，而不受到夜色昏暗的影響。

這是一座美麗的建築，結合了中西的優點，花園中有著人造的奇石山水，園中還有涼亭，景色是美不勝收，莎夏從不知道它竟可以如此融洽而不衝突地並存。

李宏將車子直接開到門口，這兒竟然有一條直通宅邸的車道，混在這兒的風景之中，又是另一奇景，感覺突兀。

她順著車道走到大門口，雖然她沒有期望有盛大的歡迎儀式，但像這樣冷清清的場面也是她始料未及的。

身邊連新婚的夫婿也不見，這就是她婚姻的第一天？

李宏快步地趕上她，手裡還拎著那串車鑰匙，「等我帶妳見過文傲的父母，妳就可以休息了，妳可能累壞了吧？」

文傲打算讓別人將他的新婚妻子介紹給他的父母嗎？

他這麼對待她絕對是故意的，莎夏可以清楚地感受有意殘忍，他的漠視比任何一種報復都讓她難過。

他就那麼遲鈍地不顧別人的感情？現在他的家人會怎麼想她？

一個才嫁進文家就被厭倦的女人？

「先見見妳的妯娌吧！」李宏指著前方。

莎夏凝聚視線，她怎會沒看見那個女人呢？她穿著白色洋裝坐在陽臺的白色洋傘下，就像是景物的一部分動也不動地在那兒瞪著她。

「妯娌？」這個詞聽起來就不懷好心眼兒，她小說看多了。

「文傲的大嫂，文傲是次子，妳知道的吧？」他不確定地探問。

她是不知道，但是爲了面子問題，莎夏不願意承認。

「來！」他引她到那女子的面前。

莎夏這才看見她姣美的容貌，她高傲地坐在位子上，仍然保持著不動的姿勢，若不是那斜斜瞟向她的眼睛，莎夏差點以爲那不是眞人，只是一個像人的假東西。

李宏接著對她說：「這是文傲的妻子，莎夏。」

她無禮地上下打量她，莎夏懷疑她將自己當成一隻討人厭的昆蟲。

莎夏奇怪她爲何要敵視她？她甚至還不算認識她呢！氣氛尷尬地凝窒著。

「呃……」李宏試著打破現有的狀況，他的介紹還沒有做完，「這是文傲寡居的大嫂石海棠。」

莎夏伸出手，「很高興……」

她沒有機會說出剩下的話，石海棠就離開了，莎夏克制住想狠抓住她頭髮拖她回來的渴望，雖然她氣得想一拳揮過去打死她。

「她是這樣的。」李宏的表情也很難堪，「可能是我不夠份量，這件事若是文傲來做會比較適當，是我自不量力……」

「不！」莎夏體諒人的熱誠天性立即抬頭，「這不怪你。」要怪只能怪她那個不負責任丟下她的丈夫，「我又不是沒見過怪人，那種人是不可預料的，你不必感到愧疚。」

他領她進去，莎夏被裡頭的景象懾住，牢牢地定在門口。

「很壯觀吧！」李宏感歎地說道：「我每次來都有相同的感覺。」

裡頭正如李宏所說，金碧輝煌自不在話下，裝潢之壯麗奢華讓人不禁瞠目結舌地呆住，這……有必要嗎？

「這是文傲的大哥文祺設計的，因爲文祺已經過世了，所以他們刻意保留下來紀念他，至於其他的屋子就比較悠閒清雅些。」李宏看出她不以爲然的表情。

她走進去，置身於其中的感覺也不見得實在，前面先她一步進來的石海棠已不見人影，她隨李宏上了圓弧造形的旋梯，直上四樓，眼界爲之一開，空間的設計一掃樓下的富麗，換成簡單大方的格局，色調單純但陽剛氣極重。

「這是文傲的住處？」

「嗯！文祺的影響力不及文傲的住處，文傲不許別人隨意干涉他的隱私，所以當初也拒絕讓文祺替他設計。」

「很明智的決定。」她靜靜地說。

她如果住在博物館裡，一定會忍不住作惡夢的。

李宏進房後拿起電話，打開對講機交代事情，於是莎夏離開李宏在房裡四處逛逛，熟悉環境。

這個島上也沒有什麼其他的閒人，幹嘛把事情都弄得那麼複雜？目前她只希望能洗個澡，換件衣服好睡覺。

匆匆忙忙地來，她連禮服都沒來得及換，又怎麼會有其他換洗的衣服呢？

她推開一個顯然是衣帽間的房門，裡頭有六個厚重的原木大衣櫥，所有的牆壁都是由壁櫥和鏡子組成。

禁不住好奇心的驅使，她打開了其中一個，一整櫃的優雅女裝映入她眼中，還有搭配的服飾配件，可以說是應有盡有。

她深吸一口氣，這些東西她光聞味道就知道是新的，服飾全是赫赫有名的廠牌，她認出有好幾件是世界知名的「薩綺服飾」，這些衣服是爲她準備的，她一眼就看出這都是她的尺碼。

她憶起文傲對她說的話，他要她覺得自己賣的値錢，莎夏暈眩地扶住衣櫃的門，但卻止不住劇烈顫抖。

文傲眞的是在拿錢買她，想到這一點，莎夏的心就緊縮起來。

她轉身面對門口，李宏的話說完了，她沒有注意聽他說些什麼，但是她肯定他要向她這兒走來了，她不想擺出一副自憐自艾的怨婦狀。

「喔！妳已經看見文傲爲妳準備的新衣服了。」李宏指著接著的兩個壁櫥，「還有那兩個也是。」

「我知道了。」莎夏不想聽他細述衣服的事。

李宏搔著頭：「文傲的父母都已經休息了，所以只好明天再向他們請安，我讓樓下的廚師準備幾樣吃的東西，妳一定餓了。」

「謝謝。」莎夏眞誠地感激他的細心。

「不用客氣，妳可是我的老板娘呢！」他打趣地說，「那麼……我就先出去了，明天見。」

「明天見。」她也覺得自己快累趴了，莎夏決定先去淋浴再用餐。

「連浴袍都準備好了？」莎夏淋浴後穿上早就放在一邊的白色浴袍，「眞是無微不至。」她喃喃地自言自語。

「喂……有人在嗎？」有人在門外按鈴並大喊大叫。

「雅立？」莎夏驚呼。

她快步衝到外頭，「眞的是你？」

石雅立推著餐車走到她身邊。「當然是我，除了我還有誰會急吼吼地爲新娘子送晚餐來呢？」

莎夏看著他從餐車中拿出各種食物，大部分都是西式的餐點，三明治和冷雞肉等等。

「怎麼樣？」他問。

「棒極了，謝謝你的一番好意。」她拉緊腰間的繫帶坐下來，「你眞是神通廣大，比我們都早到。」

「是妳的丈夫神通廣大，我昨天就先到了，妳不會怪我不參加妳的婚禮吧？文傲說想給妳一個驚喜。」

莎夏聞言神色一黯，雅立實在太單純了，文傲才不是想要給她什麼驚喜，她想要勒死他，居然敢這樣誤會她。

「有什麼問題？」他察覺莎夏悶悶不樂。

她拿起一份三明治，藉以掩飾鬱悶的神情，輕輕咬了一口，卻發覺肚子已經不餓了，食物哽在喉中嚥不下去。

「喝杯果汁？」他爲她倒了一杯柳橙汁。

莎夏順從地喝下一口，爲了這幾個小時中第一次有人給她溫情，她感動得眼眶微紅。「謝謝。」她哽咽地說。

他審視她的神情，「爲什麼看起來這麼悲傷？妳是新娘子！」

莎夏帶著淚光笑：「你沒聽人家說……新娘子是很愛哭的嗎？」

轉眼一顆淚珠掉下她臉龐。

「我看過其他的新娘哭泣，但不該是妳。」他嚴肅地說。

又一串淚珠墜落。

「該不會是文傲欺負妳吧？」雅立忿忿地站起，「我才警告過他……」

「不！」莎夏伸手拉他坐下，她怎能讓雅立以爲她不幸福，「不是文傲的關係。」她撒了一個天大的謊言。「我只是突然有感觸。」

「那就好。他如果對妳不好，妳一定要告訴我，我可以好好地教訓他，因爲……」他笑著瞇起了眼睛。

「因爲什麼？」

「因爲妳要是嫁給了我，我一定會好好地捧著妳，像個寶物一樣地珍藏起來，妳知道那傢伙把我當情敵。」他樂極大笑。

莎夏淚盈盈，「謝謝你，雅立……我要是嫁給你該有多好。」可惜她愛上的卻是那個多疑的文傲，莎夏覺得耳朵嗡嗡作響。

「我肯定會比較好，可惜……」一個冷冰冰的聲音傳過來，「我們永遠沒辦法證實這件事了，文家的人是不離婚的，這一點雅立很清楚，妳可能還不知道。」

莎夏回過頭去，迎上文傲那雙冷厲的眸子，這實在一團糟，莎夏已深陷其中。

雅立沒發覺他們氣氛的轉變，欣喜地迎向文傲，「胡說什麼？什麼叫做肯定會比較好？我是絕對比你好，可惜莎夏瞎了眼睛才會選上你，而我爲了朋友道義就只好犧牲，成全你了。」

文傲的臉色一變，當他闔上眼睛時，莎夏看見他瞥過她的寒光，等他又張開時，成功地掩住那曾經有過的任何表情。

「我是不是還要向你道謝呢？」他淡淡地對雅立說。

「你最好是這樣。」

文傲乾笑數聲，「很抱歉，選擇我的人是莎夏，就算我今天想要謝些什麼人，也不是謝你……而是她。」

莎夏畏縮了一下。

雅立用力拍拍文傲的肩膀，「在你的洞房花燭夜和你抬損是我不好，是我不知趣，我現在就出去了。」

「多謝！」文傲淡漠地說。

「總算聽到一句比較聽得入耳的話了。」

雅立將他帶來的餐車留在原處，對他們倆揮揮手，離開了他們。

「還好我回來的正是時候，要不然可能在結婚當天就被老婆戴綠帽子了。」他瞄了她一眼。

他原本回來是想陪著莎夏和他的家人見面，他知道他若缺席，將使別人重重地貶低她，但他不知道莎夏已經被他的父母和大嫂羞辱了。

文家的人將以文傲對她重視的程度來判定該如何對待她，以莎夏的驕傲來看，她絕對無法忍受被他們輕視的侮辱，他知道自尊受損是什麼滋味，他曾經有很深的體驗，因爲一個不值得的女人，她後來成爲他的大嫂，就是石海棠。

「雅立只是個朋友。」莎夏努力控制自己別結巴。

文傲穩穩地跨著大步，到她面前惡意地箝住她，「妳經常穿成這樣招待朋友？」他拉住她浴袍衣領往外一拉，「空無一物，正如我所想的。」他扯下她蔽體的衣服，強制地揮開莎夏抗拒的手，被她美麗身體激怒了。

「妳想要誘惑雅立？在我們結婚當天做這種事是不是太過分了？我幾個小時前才警告過妳。」

莎夏痛恨地用力推開他，氣得忘了自己衣不蔽體。

「雅立在我淋浴時，好心替我送晚餐來，他關心我還沒有吃過東西，不像你把我丟在一個陌生的地方，而且……」她深吸一口氣，「雅立才不會像你這般下流！」

「我下流？」他怒吼，臉上的表情是危險的，「可惜妳偏偏是嫁給下流的我，而不是優雅的石雅立。」他把她整個人提到和他面對面的高度，斬釘截鐵地瞪著她咆哮道：「記住，跟妳上床的也是我，不是石雅立。」

「你……不可理喻！」

她不行讓他看出她害怕，這是兩人的戰爭，氣勢很重要，她不想輸。

「是嗎？」他惡毒地笑了，「妳早該知道我不可理喻，我們的婚姻就是個買賣，妳爲了想成爲文家的一份子，不是用盡了方法？」

「我做了什麼讓你這樣以爲？」她起了一陣陣寒顫，恐懼文傲會在盛怒之下傷害她，再度伸出手推開他，想要逃開文傲。

他猛一用力就把她帶回他身前，像個苛刻的主考官審視著眼前的考生，用手指箝緊她的下巴，逼她直視他充滿慾情的目光。

「妳充分地利用所擁有的條件了，每次都撩撥起我的熱情，但又從不滿足我的慾望……」他雙手輕撫過莎夏的胸前，純肉慾地。

她驚跳起來，「我沒有。」她怎能開口對他說，她只是一個未解人事的女孩，爲了從小受的道德約束而拒絕他。

「不用強辯了。」他殘酷地碾上她柔軟的唇，「妳得到妳想要的結婚戒指，也該給我企求的東西。」

「你想要什麼？」她在他懷中不住地顫抖。

文傲邪邪地一笑：「妳不知道嗎？」然後他放開她，任由她逃向靠近床的那一邊，「很好，我馬上就過去。」

他開始解衣。

莎夏驚駭地看著他的肌膚隨著他的動作漸漸地暴露出來，止不住一陣陣地寒顫，她夢想中的初夜是充滿愛意的，她不想這樣。「不！」她恐慌。

「妳等不及了嗎？」他丟開他的襯衫，用著眼角的餘光瞄過她，「不想等我脫完衣服？」他嘲謔地說著，「有時候是可以這樣做沒錯，但不是在我們新婚之夜，我不能這樣對待我的新娘。」

他說「新娘」這兩個字的神情，彷彿這是兩個髒字，莎夏瑟縮地退後，直到她雙腿撞上了床邊，她反射地拉起床單遮蔽起自己。

天！她曾幻想她跟文傲的初夜，但一次也沒想到會是這樣的情況，他不但不可能溫柔，還獸性大發。

她在文傲赤裸以前，及時別過頭去，避開直視他的身體，她不知道該怎麼應付這個情況，緊捏著手上抓的床單，拚命地向後退縮。「文傲，我要離婚。」

「妳說什麼？」他陰惻惻地開口。

「我說我要離婚。」

她不要了，她沒有勇氣繼續下去這種婚姻。

他走向她，他太生氣，氣她在心裡愛著別的男人還勾引他，就爲了那麼一點微不足道的理由，毀了他平靜的生活，害他失去對其他女人的興趣。

現在她說要離婚？

如果可以不結，他可以控制不渴望她，他還會娶她嗎？

他抓住她的上臂，將她從被單堆裡拉起，用力扯開她緊抓住的布塊，在恍惚中她聽見裂帛聲，但卻未吸引文傲的注意力。

「不要……不要這樣。」莎夏用手推拒著他，過度的恐懼讓她覺得噁心，各種奇怪的病徵全蜂湧而上，她捂住嘴乾嘔著，但一整天沒吃東西，她什麼也吐不出來。

怒火燒紅了文傲的眼睛，他的手致命地掐住她細長的頸子，嘶啞地吐著氣，

「想吐？覺得噁心嗎？」

「放開我。」

他掐住她，她的臉漲紅，「別這麼做！」她狂亂地揮舞雙手，她能感到他抵著她，悸動而灼熱地抵著她。

他翻身壓住她。「太遲了，來不及了！」他尖酸地低語著，抓住她的手固定在頭頂，連帶揪住她的頭髮，讓她的頭疼得不能轉動。「我必須得到我的報酬。」

他不留情地用他沉重的身子困住她，毫不猶豫地刺入她的身體，一陣錐心的刺痛吞噬了她，莎夏閉上眼睛，抵死不願意讓她屈辱的淚水流下，她緊咬著下唇，不讓痛楚的啜泣溜出口。

文傲見到血色從她的臉上褪盡，震驚也同樣寫滿他的臉上，他沒有想到她竟是處子，他若是早知道……

「妳爲什麼不早說？」他困難地開口，在這種時候要勒住自己來談話，不是一件容易的事。

莎夏鬆開咬得滲血的櫻唇，表情木然，「有什麼差別嗎？」

她知道她這樣說會激怒他，但是她已不在乎了。

濃密的黑眉在眉心攢緊，「是沒有差別。」

他的眼神變硬，所有的慈悲不忍都隨之而逝，放縱地利用她達到自己的紓解，就像他原先計劃的那樣。

莎夏在他一離開她，就轉過身子背對著他，傷心的眼淚潸然而下，她努力地將身體蜷在一塊兒，全身的肌肉都僵硬痛楚地向她抗議著。

「莎夏……」他輕觸她的肩膀。

她閃開來，將臉埋入枕頭中，堵住她已將出口的啜泣聲，她不要在他面前哭。

「滾開，我們離婚，我受不了你。」

文傲覺得羞愧和懊悔，他是愛莎夏的，她說錯了，事實上是有差別的。

他如果知道她從來沒有情人，那他會對她寬容一點，他會對她溫柔一些。

「我已經告訴過妳，我們是不可能離婚的，尤其是才結婚一天，這更是不可能。」他承認剛才他是太過分了，他可以想辦法補救，「不過從明天開始，我不干涉妳和石雅立的友誼，雅立住在三樓，妳要是無聊的時候可以去找他聊天。」

「那我們就沒什麼好談的了。」莎夏又背轉過身去。

這是她一貫的習慣，碰到不想面對的事就想躲。

文傲冒火了，他從床上一躍而起，整個跨跪壓在莎夏身上，「別再用背對著我。」

怒氣扭曲了他俊逸的容貌，莎夏只覺得恐懼，像孩子怕鬼一樣，她幾乎窒息，不能呼吸。

莎夏甚至沒發覺自己是什麼時候點頭的，她嚇壞了，不住地打著哆嗦，直視著上方的文傲，連動也不敢動一下，全身僵得幾乎連手指都不能彎了。

「該死！」她的臉白得嚇人，文傲懷疑她嚇得失神了，他鬆開她，莎夏仍舊維持著原先的姿勢不變。

她爲什麼要辜負他想安慰她的好意？

他會這麼殘酷地對待她，全都是因爲太嫉妒了，她爲何總能引出他卑劣的個性？

莎夏瞪著天花板，感覺到床的震動，文傲下了床，站在床邊看了她好一會兒，之後走了出去，用力甩上了門，在這麼靜和恐怖的夜裡，她聽得見所有的聲音，島上的鳥叫、蟲鳴以及……

文傲反覆的踱步聲，一夜無眠。

第十三章

清晨，天濛濛地亮，莎夏揉揉酸澀的眼睛仍毫無睡意，她索性起來拖著步伐進了浴室，她的雙腿打顫，全身痠痛，熱水稍解疼痛，驅走痛楚。

隨後，她打開衣櫥，拿出一件淡綠色的夏紗洋裝，綁上一條同色系的寬邊髮帶，靜悄悄地走下樓去。

在這個時候，甚至都還沒有人起床，她不用擔心有人會打擾她，如果有人發現她並詢問她的身分，想到要對人說明她就是文傲的新婚妻子，莎夏就覺得有點糗。

昨夜文傲的吼聲，不知有沒有被其他人聽見？

她避開昨夜進來的車道，故意往另一方的小路走去，莎夏沒有笨到想要逃走，雖然文傲昨晚最後發的怒氣是針對她，她仍認爲她的安全無虞，文傲如果連生那麼大的氣都沒傷害她，她也沒必要操無謂的心。

這小徑一路走來渺無人煙，風景秀麗且沒有像文家的人工匠氣，莎夏假設這兒很少有人來，沿路欣賞著景色，不知不覺已走了好長一段路。

她驚訝地發現，這小徑竟然是通往一個天然的湖泊，湖水還藍得不可思議。

「喂！莎夏。」

她不經意地聽見雅立正在湖邊樹下喊她，他正朝她招著手，等到她再向前幾步，莎夏才發現他正在釣魚。

「這麼早？」她說。

「這句話該我問才對，新娘子那麼早起床，莫非文傲辦事不力？」他眨眨眼。

見到她古怪地低下頭去，卻不是新嫁娘的那些嬌羞表情，而是帶著黯然的幽怨，雅立架好釣魚桿，拿了條毛巾擦乾淨身旁的石頭。

「坐下。」他命令地說。

莎夏二話不說便在他身旁落座。

他打量著她，「妳好像很累。」

她點點頭，看到他身邊有熱水壺，打開來，熱騰騰的咖啡香，她自動地倒了一杯，輕輕啜飲。

「好了，現在妳可以告訴我了，是海棠向妳挑釁嗎？」

「啊？」她抬起頭。

「妳不要在意海棠，她和文傲已經沒有關係了，何況今日不同往昔，她已經是文傲的大嫂，他說什麼也不會再走回頭路，而且她當初做得那麼絕。不論她怎麼挑撥妳和文傲，妳全都不要放在心上，我那個堂姊就是這樣的……」

「你的堂姊？」她該不會是聽錯吧？

雅立閉上嘴。

「石雅立，請解釋你剛才所說的每一句話。」莎夏將唇抿成一直線，「每、一、句。」她鄭重地強調道。

他歎口氣，「好像說了不該說的話。妳還不知道？我眞是多嘴。」

他沒有指明是什麼事，但卻勾起莎夏的好奇心。

「我該知道什麼？不要讓我陪你繞口令。」

她不耐煩地拿起一顆石頭丟向湖心。

咚！一聲，雅立隨著石頭墜落湖心也鐵了心。

既然都已經不小心說溜嘴，就全都告訴她好了，他咬咬牙下了決心，以前的事也沒什麼好瞞的，就讓文傲怪他多嘴也沒關係。

「妳該發現海棠和我同姓，我剛才說過了……」他聳聳肩，「她是我堂姊，在她成爲文傲的大嫂前，她曾是他的未婚妻。」

莎夏倒吸一口氣，「他的什麼？」

「妳聽見了，她是文傲的未婚妻，可是卻沒有嫁給文傲……」

莎夏不能想像會有人能拒絕文傲，他英俊多金又有才氣，只要他想，就可以把女生迷得半死，誰能抗拒？

雅立察覺她的困惑，「很奇怪是吧？如果妳瞭解海棠的個性就不會驚訝了。」

莎夏想到昨晚見到的那個冷漠的女人，莎夏懷疑會有瞭解她的那一天的到來。

「文傲是家中最小的兒子，文家不但重男輕女，還重長輕幼，文傲不是長子，原本他該有更大的自由來發展他的興趣，但是因爲他的父母發覺他的大哥能力不足以守成文家產業，所以文傲所受的訓練和長子無異，不但如此……他反而還較大哥多了一項輔佐的訓練。」

「怎麼會這樣？那他的童年不就很悲慘？」

「文家是一個古老的家族，有很多不是我們可以瞭解的地方，妳不覺得文傲有時就像是一個沒有答案的謎題嗎？」

她是有這種感覺，莎夏沒有發表言論，等著雅立繼續說下去，她對文傲的認識淺得可怕。

「文傲的個性不羈，他有他自己的愛好和興趣，也有超乎常人的藝術天賦，生於文家不但沒有給他任何幫助，還增加了他很多束縛。他沒有一點怨言地接受大家對他的嚴酷訓練，用著他超凡的耐力來完成每個試煉，至於他對藝術的愛好，他只能用他們留給他的睡眠時間來培養。」

莎夏聚精會神地聽著雅立的敘述，想知道究竟是什麼樣的環境造成文傲這樣的識誚個性。

「而他和海棠的婚約，就是那種世家的聯姻，本來是沒有指定誰的，只要是和文家結爲秦晉之好就行了，但海棠選了文傲，誰能拒絕得了文傲呢？他那冷冷的英俊酷模樣，不知道迷倒了多少女子。」

莎夏同意，雅立形容得再傳神不過了。

「她如果愛的是文傲的大哥，爲什麼要和他訂婚？」

雅立笑了，「妳眞是太單純了，海棠並不愛文傲的大哥，如果深究起來，她可能誰也不愛，只愛她自己，只是她以爲能將他們兩兄弟玩弄在手上。當時間一年一年地逝去，文傲的父親就更明白不能將文家的事業交給他大哥，有意讓文傲接掌他的一切事業。」

「文傲不會答應的，他是不會背叛他的兄弟的，如果這些年，文家對外都宣稱是由大哥當繼承人，他不會冒著傷害大哥感情的險。」

雅立輕快地笑了，「所以我說文傲是娶對人了，妳對他的個性瞭若指掌。他是一口就回絕了這個建議，而且爲了要家人斷念，文傲不顧家人反對放掉了公司的一切，投入他的興趣之中，出外發展。」

「那跟海棠有什麼關聯嗎？」

雅立的微笑消失，「事情就壞在這件事讓海棠知道了。妳曉得嗎？原本以爲沒希望的事，一旦起了妄念就沒完沒了，海棠想要當文家繼承人的妻子，當她發現文傲居然拒絕掉這個大好機會，簡直氣瘋了。」

氣瘋？那個冷冷淡淡的美女？她不能想像石海棠氣瘋的樣子。

「到最後，她發現根本沒有辦法勸文傲改變主意，她就轉移了目標，爲了當上文家繼承人的妻子，她向文傲的大哥表示好感，勾引了原先就暗戀她的文祺，當上了文傲的大嫂。」

莎夏驚喘，「這對文傲是怎樣的屈辱？他怎麼能夠忍受？」

「他是不能忍受，尤其是看到海棠的眞面目，知道她的貪婪將毀了他唯一的哥哥，文傲就更痛苦。」雅立沉重地呼出一口氣，「她雖然是我的堂姊，但是連我也無法替她找到這麼做的理由，當時我看得很清楚，她毀了文傲。」

莎夏的臉色慘白如紙，「那文傲的大哥呢？他怎能對自己的弟弟做出這種事？他爲他離開家鄉，想要保留他的地位，而他卻這樣子回報他？」

「妳以爲文傲會恨他？妳錯了，海棠對文傲沒有這種影響力，他永遠不會爲了她兄弟反目，海棠也許就是對這一點有了認知，才會用這種辦法來報復他，她原先只是試探他的反應，想知道自己有沒有影響他的能力……」魚拉動了竿子，他突然停了下來，拿出剪刀出人意表地剪斷釣魚線。

「至少把魚鉤拿掉吧？」如果不釣魚，坐在這裡幹嘛啊？

「我沒想到眞有魚上鉤，下回不釣了。」他收起魚竿，打算不釣魚了。

「雅立，你還沒說完耶。」

「結果，文傲對她的居心極爲反感，心痛哥哥竟成爲海棠利慾薰心之下的犧牲品，但他也看出文祺對海棠是眞心的，於是遠走高飛，成全了他。而海棠一賭氣就嫁給了文祺。」

聽他這麼一說，莎夏不由得冷汗涔涔地流，難怪文傲以爲她是有目的而接近他時，會這麼生氣，他還會娶她爲妻，實在令她驚訝。

「可惜人算不如天算，他們結婚沒幾年，文祺就去世了。」雅立哀傷地停頓下來，將眼光調回莎夏身上，「是飛機失事，文祺自己駕的飛機，我們不排除自殺的可能。」

「自殺？爲什麼？文家有錢有勢，他又娶到所愛的女人，爲何要死？」

「一個人承受的壓力太大，什麼事都可能做得出，他本來就做不來這麼多的事，硬要強迫他……就該料到有這類的結果。」

天哪，文傲竟會發生這等家庭悲劇，莎夏忘了早上怨懟的心情，爲他的故事揪緊了心，畢竟是愛他，感情不會一夕消失，她心疼他曾受過的苦。

「好了！」他收起漁具站起來，「我將我知道的事都告訴了妳，現在輪到妳說了。」他邊收拾著傢伙邊說。「如果不是海棠……那就是文傲了，妳先告訴我妳和文傲出了什麼事？早上我看見他，也是不太高興的樣子。」他注視著她的表情。

莎夏思索著該怎麼對雅立解釋這一團糟，「這件事說來話長……」她開始對他訴說事情的始末。

「總之，文傲以爲你是我的男朋友，而我爲了想要成爲他的妻子而拋棄了你……」她心虛地看著他說道，「這個故事好像有點耳熟喔！」

他用看著怪物的眼光看著她，「妳該不會告訴我，妳讓文傲發現妳偷聽他說話，以爲他是妳最討厭的那種大男人主義者，還千方百計地設計他向妳求婚？」

「呃……別忘了拋棄你那一段。」她補充。

「拜託！妳有沒有對他解釋？」他看見她的表情，「好，不用說，我知道了！他不相信是吧？」

「何止不相信，他連聽都不想聽。」莎夏難受地垂下頭。

「妳能怪他嗎？」雅立瞪她一眼，「妳根本就不應該去招惹他。」

莎夏覺得自尊心受損，「我姊姊也是這麼說。我怎麼知道他有這種遭遇？薩奇也沒有對我說過，我又不是故意的，本來我也想聽姊姊的勸告遠離他，可是文傲自己就沒有來接近我嗎？」她生氣起來。

「妳愛上他？」

她站起來猛叫，「我才不會愛上那種殘忍的人，又愛生氣，沒事就大吼大叫，動不動就擺臉色給我看，新婚第一天就對我說重話……」她的聲音愈來愈微弱，她的眼眶紅了一圈，心不甘情不願地看著雅立，「好嘛！我是愛上了那個怪人，你一定知道的，要不然我也不會嫁給他呀！」

「我是知道。」他頷首同意，「但是我知道沒有用，得要他知道才行。」

「他是個笨蛋，根本不聽我說。」

雅立伸出一隻手環住抽抽噎噎的她，「不要哭了，文傲說不定和妳一樣的煩惱。」

「不可能。」她哽咽著。

「絕對有可能，聽了妳剛才的說詞，我來來覺得很奇怪，文傲怎麼會娶妳呢？如果他眞的認爲妳是他最討厭的那一種女人，以他的性情會轉身就走，一刻也不會多留。除非……」

「除非什麼？」莎夏吸吸鼻子。

雅立掏出一條手帕給她，「除非他已經愛上了妳，不能沒有妳陪在他的身邊，他覺得忍受妳的缺點要比沒有妳在身旁好得多。」

「眞的？」她破涕爲笑。

雅立摸摸她的頭，「那妳現在知道該怎麼做了？妳看看妳，又哭又笑的，也不怕別人笑話。」

她明白了，莎夏用雅立給她的手帕擤了擤鼻子，她要用雅立給她的情報當後盾，讓文傲見識到戀愛女性的毅力，讓他聽她說話，用實際的行動解開他們之間的誤會。

他們緩緩地走回文家，一路走來，雅立也告訴了她不少有關於文傲少年時的趣事，莎夏想要知道所有和他有關的事，但當她見到文傲時又情怯。

他站在路口，僵硬地望著四方，莎夏知道他在找她，驕傲如他竟出來尋她，她有些高興。

她甩開雅立，放開腳步跑向文傲，輕巧地從他身後接近，沒有發出一點聲音，直到愈來愈貼近……

「文傲……」莎夏怯怯地拉住他的手。

聽見她的聲音，他抓緊莎夏的手，猛一轉身，她立即失去平衡倒在他身上。

「妳他媽的跑到什麼地方去？」他失去控制地大吼。

在起初發現她失蹤的恐懼過後，文傲的擔心立即變成了暴怒，但莎夏心裡卻隱隱有些高興的感覺，因爲看見那個怒氣下爲妻子操心的丈夫形象。

她軟著身子靠著他，任他將她從懷中扶正，一邊抬起頭來跟他解釋，「我去湖那邊逛逛，我不知道你會擔心我。」

他嘶吼，「妳就不能好心地先通知我？妳曉得我是怎麼想的嗎？在我們昨晚的爭執過後，第二天清晨就不見人影。」

莎夏從眼角的餘光發現雅立即將走近，她是無所謂讓雅立聽見他倆夫妻爭吵，不過她相信文傲會覺得失了面子，於是她在文傲的懷中微轉過身，從雅立的方向看起來彷彿她親蜜地倚向他，她輕輕地將他帶向雅立那一邊。

「對不起，但是請你不要在外人面前責怪我好嗎？」

文傲也看到雅立了。外人？她稱雅立爲外人？文傲的心一軟，自制地將怒氣抑了下去。當他早晨回到他們的臥室，發現其中竟空無一人，又驚又怒地衝出去尋找，還不敢驚動家中其他的人，怕她闖入山區遇到危險，在這些天來被她折磨得最少折壽廿年。

雅立正興高采烈地朝著他們走來，由於他手上拿著的釣具，文傲猜到他是到湖邊釣魚，他低頭看向懷中詭異的柔順妻子，她怎麼了？她的表現異常。

今天在湖邊和雅立相遇了？

「文傲，這年頭的魚是愈來愈聰明了，我一條也沒釣上。」雅立揚著空的魚簍笑著說。

「廚房裡多得很，你就去選幾條當作你釣回來的就是了，總之它們的結局都是一樣。」

雅立輕笑兩聲，「文傲，你實際得沒有一點情趣。」他轉而向莎夏說：「妳可能要辛苦一些，將生活情趣分給他一點。」

文傲嗤之以鼻，「不是一定要將魚鉤放在魚的嘴裡才叫做情趣，快滾！待會兒就開飯，我們餐廳見！」

雅立不以爲忤地吃吃笑，轉身離開他們，獨自進屋。

莎夏著迷地看著他們之間互動，有點嫉妒雅立和文傲間的情誼，她搖搖頭，微笑地甩開這個荒謬的情緒，仰頭笑望著他，親暱地挽著他的手臂。

「我們現在要去哪兒？」她柔聲問。

文傲不確定地看著她，今天她搞什麼名堂？初夜就提出要離婚的女人到哪兒去了？

「妳不想走了嗎？」他硬梆梆地沒頭沒腦問了一句。

莎夏知道他指的是什麼，「不了。」她認眞地回答他。

「很高興妳終於想通了。」文傲猜想她是覺悟不可能離開他，所以認命地接受她目前的地位，「其實也不是絕對不行離開這裡，每年媽媽和海棠都會出門去添購她們的四時衣物，偶爾也會出門去玩玩，拜訪她們的朋友……」

「不！」她舉起手撫過文傲的臉，立即被他閃避開了，「我不是這個意思，你不用替我花什麼錢，只要你常常跟我在一塊兒，或許帶著我出門就行了。」

「我懂了，」他恍然地看著她，冷冷地說道：「妳不需要錢，妳只是要跟著我四處炫耀，這也難怪……若是衣錦不還鄉，豈不如同錦衣夜行，沒人見到妳的光采？」

莎夏生氣地甩開他的手，「你爲什麼這麼多疑呢？」她用力戳著他的胸膛，「我要炫耀一個臭著臉的老公幹什麼？難不成要別人以爲我魅力不夠情海生波？你就不能好好地跟我說兩句話，動不動就夾槍帶棒，你以爲就是你一個人有脾氣嗎？我是好女不和男鬥，你不要認爲我怕了你，就肆無忌憚地對我發脾氣！」

她一口氣說太多話，停下來猛喘氣。

文傲的胸膛太堅硬，她戳刺得太用力，害她現在手指隱隱作痛。

「妳說夠了？」

「沒！」她氣憤地吼。

文傲微笑，「好！請繼續。」

「我不想說了，你叫我說就說，有這麼簡單的事嗎？小姐我罵人還要看心情，不是你想聽就聽得到的。」看他一點反省的樣子都沒有，莎夏氣得別過頭去。

「好，那容我提醒妳，妳要和我的父母見面，雖然我覺得妳的打扮已很得體，但也許妳想要再稍微整理一下？」

「天哪！」莎夏大驚失色，要和他的父母見面？她都已經忘了這件事情。

「我再過幾分鐘就回房去接妳。」

她在文傲面前轉身，維持她僅剩的一點尊嚴，強自鎮定一步一步地走回屋裡。

文傲在她身後爆出笑聲。

他怎麼會以爲她是一個溫柔嫻雅的女性典範呢？以前是瞎了眼吧？

莎夏盛怒的模樣甚至有國王的氣勢，如果可以將他拘捕下獄，她一定毫不遲疑，想到她即將要面對他的父親文謹，文傲幾乎等不及要看了，順便爲他的父親祈禱。

他美麗的新婚妻子，會怎麼應付他古怪而老式思想的父親呢？

第十四章

她在臉上薄施脂粉，希望能給第一次見面的翁姑好印象，這回文傲倒是挺紳士地爲她提供了他強壯的手臂，莎夏挽著他的手，被帶到二樓的房間裡。

「我父親在書房，妳見完了他之後再去見我母親，然後就可以吃早飯了，以後每天早上要向他們請安……」

莎夏疑惑地抬眼瞅著他，不確定他是否在開玩笑。

她難道是不小心掉進時光隧道了嗎？現在都幾世紀了，還有人搞這種繁文縟節？

文傲的神情很認眞，他看出了她的疑問，「本來還更麻煩的，以前我們小時候，家裡的女性還要等父親吃完飯才開動，後來因爲海棠進門，父親體諒她，怕她不習慣，所以才改了一些習慣。」

「還好還不是不可救藥。」既然可以爲了石海棠改變，當然也可以爲了她改。重新制定規則，莎夏才不願意在這兒當二等公民呢！

「妳說什麼？」文傲故意問。

「沒什麼！該死的沒什麼……」

「記住，在我父親面前千萬別說粗話。」他好意地提醒她。

「你不是暗示我，你老爹從來沒罵過粗話？」她斜眼睨他，「這可就奇了，有這種品行高潔的父親，你在片場那些精采的髒話和詛咒是怎麼學來的？」她語帶譏刺。

文傲饒具興味地看著她，「我沒有暗示妳什麼，我只是要告訴妳，在我父親的眼中，女人有很多事是不能做的，說粗話就是其中一種。」

「該死的，該死的，該死的……」她像唸經一樣地口動個不停。

「妳該不會暗示我，妳還沒見到我父親就在詛咒他發生什麼意外吧？」他學著她剛才的語氣揶揄著。

「我才沒有！」她沒好氣地回敬他。

文傲笑了，「妳要覺得自己該死，我就有意見了，我可是不希望妳死的。」

他微指前面的雕花木門，「到了，就是這兒。」

敲了敲門後，也不等其中的人回答，逕自推開門進去。

莎夏看見一位身材頎長的老人坐在超大型的書桌後面，她一看就知道那絕對是文傲的父親沒錯，她好像提前看見文傲幾十年後的模樣呈現在眼前，還是那麼地英俊，只是添了些許歲月的風霜痕跡。

這周圍的圖書收藏之多，連她都顯得驚訝，這麼多的書怎麼看得完？

「莎夏……」文傲的聲音拉回她的注意力，「見過爸爸。」

「爸爸。」莎夏覺得那個皺緊眉頭的老人看起來有些固執。

果然，他遙遙地對她點點頭之後，就好似她不存在地對文傲說：「長得還不錯，如果你能事先通知我，你要結婚的消息，可能會更好一點。」

接著她簡直不敢置信，文傲竟然對他父親說，「我等不及要娶她，你知道像這麼漂亮的妞兒是很容易被別人搶走的，我可不能搶輸別人。」

「嗯！我們文家的人一向占盡先機，做生意是這樣，娶老婆也是這樣，我很欣慰你還沒有忘記我教你的事情，可是我也注意到你疏忽了一些小節。」

「什麼小節？」

「你怎麼能讓你的女人跟你一起進來呢？你應該讓她跟在你後頭才是。」

文傲忍住不笑出來，「那也要她願意走在我後頭才行，現在外頭的女人沒這種美德了。」他故意於後面三個字加重語氣，爲自己得來莎夏的一個白眼。

莎夏覺得自己像牲口，但是第一次見面，不敢貿然插嘴，怕會激怒了文傲的父親。

「哦？」文謹老先生將目光移向她，「疏於管教？這個以後可要好好地調教才行。」

再這樣講下去，莎夏可就受不了要頂嘴了，她一邊努力地裝作充耳不聞模樣，一邊扯著文傲的衣袖示意他，要不趕快結束他們之間的晤面，後果請自行負責。

文謹可是老狐狸，怎會不知道莎夏在打什麼主意，「好了，去陪你母親一塊兒下樓吃飯吧！我還有事不能和你們一起吃飯，叫管家把早餐送上來給我。」只要那女孩兒不是太明目張膽地反抗他，他是願意成全她想儘早離開的願望，直至目前為止，她都還算安靜。

「是的，爸爸，我這就去吩咐。」莎夏忙不迭地先文傲一步答應著。

文謹遙遙地對她點著頭，就低下頭去做自己的事，再也沒看她一眼，當他們已經出去了。

怪人！

莎夏只好跟著文傲一起走出去，從她昨日進這家的大門開始，她見的人全是怪人，眞是豈有此理！

先是那個冷若冰霜的石海棠，現在又是這個固執的怪老子，而文傲的態度又忽冷忽熱，待會兒吃飯又不知道會發生什麼事……

「走啊！妳停在這兒幹什麼？」文傲拉扯著她。

還有一個粗魯不文的丈夫！

她歎了口氣，「來了！」舉步跟了上去，她可不要走在任何男人的後面，什麼封建時代思想！眞是令人受不了。

在早餐桌上，莎夏和文傲的母親一起用餐。

同桌的還有雅立和他堂姊石海棠，文傲的母親是傳統的女性，溫柔慈祥的舉止讓莎夏一看就喜歡上她，升起一股孺慕之情。

「莎夏，在自個兒家裡就別客氣，多吃一點把自己養壯些。」她替莎夏夾菜進碗裡。

「謝謝媽。」莎夏回她柔柔一笑。

「是啊！媽說得對極了。妳那種身材當模特兒可以，不過當文傲的夫人就有些問題了。」石海棠笑裡藏刀。

莎夏看向身邊的文傲，他並沒有替她解圍的意思，於是她只好正面迎向挑戰。

「請問大嫂，我有什麼問題？」莎夏慢吞吞地吐出話來，眼睛直視著石海棠惡意的臉龐。

她瞟了她一眼，「瞧妳瘦成這樣，外人不說文傲虐待媳婦才怪，而且女人身體不好也難生養孩子。」

怒火頓時盈胸，這女人分明是故意找碴，文母一臉著急地看著媳婦，好像拿石海棠沒有辦法，又不能當面斥責她。

文傲擺明了隔岸觀火的表情更讓她生氣。

莎夏深吸口氣，看來只好自己解決了。「大嫂說的極有道理，這是經驗之談嗎？」她聽見雅立悶笑的聲音，很愉快地看見海棠的臉色轉青。

「不過，大嫂您也不必在意，其實女人除了生兒育女之外還有其他的事好做，不要太難過。」她還無辜地轉向文母問，「媽，您說是不是啊？」

「是……是……」文母頻頻點頭。

眞了不起，文傲在心中盛讚她，莎夏裝傻的功夫一流，他不是早就親身體驗過了嗎？犯不著爲她擔心的。

海棠又發話了，「我說文傲和雅立每天不務正業地，沒想到今天文傲帶了一個老婆回來，說不定哪一天雅立會娶一個來歷不明的女人回石家。」

雅立搶先莎夏一步說，「我保證一定娶個來歷不明的女人回家，達成堂姊妳的心願，不過可能還沒那麼早就是了。」

這回換文傲哈哈笑了起來，笑畢，他對石海棠說，「很遺憾，莎夏不是來歷不明的女子，她是茹絲凱家族的人，也是薩奇未來的小姨子，妳不是喜歡用茹絲凱的保養品嗎？」

「早就不喜歡了。對了，威廉‧茹絲凱博士不是專門收養一些來歷不明的孩子，你確定她身家清白嗎？」

這惹火了莎夏，她怒焰高漲地站起來，「我是個孤兒沒錯，但這不表示我的身家不比妳清白，妳或許有妳的理由將我看成敵人，這隨妳便，但是請妳記住！」她用極冷的目光瞪著海棠，直到她明顯地打著寒噤，「下回我再聽見妳侮辱我的家人，我會掐住妳的脖子，讓妳將所說的字句，一個一個地吞回去，懂了嗎？」

海棠本能地點著頭。

莎夏僵硬地擺好她的餐巾，她適才慷慨激昂的說詞好像仍在耳邊迴響，室內因她沉重的怒氣陷入沉寂。

「媽，我有點不舒服，請容我先告退。」她對著文老夫人這麼說著。

「當然。」她立刻就同意了她。

像這樣的女性還是她首次得見，她覺得她媳婦的個性像她的丈夫、兒子一樣地強硬自主。

這不是只有男人才能具有的特性嗎？讓她覺得她有必要順從她，奇怪的是……

她雖然和她預想的有很大差別，她卻非常中意她。

文傲還是沒有出言維護她，莎夏用了最後一絲尊嚴才走了出去，將眾人的目光全拋在身後。

雅立望著她的背影，「我從來沒見過她發這麼大的脾氣，海棠這次妳眞的太過分了。」

石海棠從鼻子發出「哼」地一聲，面色不善地瞪著雅立怒：「這不關你的事。」

文傲冷冷的目光掃過她，「是嗎？」

文傲一出聲，石海棠突然從老虎變成了病貓，噤聲不語。

早上的事情一直讓莎夏氣到了晚上還快腦充血，這也不能全怪她，因爲從她負氣上樓之後，除了雅立曾過來安慰她之外，她那個丈夫是一句話也沒說，就連吃中飯和晚飯也不見人影。

莎夏幾乎都可以感覺到石海棠嘲笑的眼光刺戳著她，她是教養太好才不致於當場越過餐桌挖出她的眼睛當小菜。

而文傲的爸爸文謹……

天啊！想當初她還以爲文傲是活化石，沒想到這兒還有一個年代更久遠的，跟他父親比起來，文傲還算是進化過的物種呢！

所以吃過中飯之後，莎夏就在替文母施行新教育，教她認識人權，下一步就要鼓勵她爭取女權了，還要勇於表達自己的意見。

這大概是今天唯一值得欣慰的事了，文傲的母親是世界上最可愛的婆婆，她非常合作地參與莎夏的每一個「再教育」課程，並提出了一些很有深度的問題，讓她感到很有成就感。

可是文傲的父親就沒那麼愉快了，當莎夏表達她的意見時，他就彷彿看到亂臣賊子地瞪著她，教她看了就好笑。不過僅止於沒想到文傲的時候，因爲當她想到文傲那個該死的個性源自何處時，她就恨得想上前咬他一口。

他究竟去了哪兒呢？

莎夏在諸多性感的睡衣中，選了一件看似純潔無邪的白色棉質睡衣套上，然後打開床頭的檯燈，拿了一些她從文傲房裡搜括出來的書本猛讀，藉以消磨等待文傲的時間。

她愈等就愈煩燥，原本打算再和文傲好好地談談，在等了二小時之後，莎夏改變了主意。

她決定要與文傲痛痛快快地吵上一架。

她是個新娘，看看她從和他結婚到現在得到了什麼待遇？是一連串的忽視和漠然，想著想著，既便是堅強如她，也在心酸的淚水中入夢。

文傲在妻子睡著後從南方的夏屋回來，這一整天他都在那兒，掙扎了一天，他不得不對自己承認，和莎夏相處的時間愈長，他就愈爲她著迷。這違背了他這些天來的計劃，但是……

在他和莎夏在一起之後，也沒有什麼事是按照計劃實行過的。

或許他可以每天將她丟在主屋，到了深夜才回來？

他站在床邊，她嬌柔的臉龐淚痕未乾，文傲抑下心疼的心情，逼自己想著她不純的結婚理由，她狡詐地算計他時，就應該預知她將受冷落。

可是，蜷在床邊的她看起來是那麼地無助，他吻去她的淚珠，替她單薄的身子蓋上被子，掀起床單的一角也躺了進去，莎夏不自覺地依偎著他，文傲遲疑片刻，才輕喟一聲擁她入懷。

「文傲……」莎夏半睜惺忪睡眼呢喃。

他輕拍著她背，「睡吧！不要說話。」聲音柔得不像眞的。

莎夏聽話地再度沉沉睡去。

第十五章

莎夏和婆婆一同出去散步回來。

這一連幾個星期見到文傲的時間屈指可數，若不是每天早晨看見她身旁的枕頭凹痕，她甚至懷疑文傲是不是變成蒸氣消失了。

雅立看見他們相處的情形也替她操心，而莎夏每天強顏歡笑，倔強地不讓別人看出她心中的苦，尤其在雅立明顯暗示她該在適當的時候引誘文傲，將丈夫的心留在家裡，她更是有苦說不出。

「難道文傲躲起來妳就找不到他了嗎？」經她調教有方的婆婆這樣子對她說。

「我要去哪裡找他？」

他會去哪兒呢？

她對這個地方又不是很熟。

文母輕笑出聲，「找他的方法很多，我不相信妳沒有辦法，我都開始習慣有一個獨立自主的媳婦兒了，妳不會想告訴我，這些日子跟我說的那些全是空談吧？」

莎夏眼中閃著亮光，「是的，媽！我這就去想辦法。」

「我自己會找事兒排遣時光，妳可以走了，別把時間浪費來陪我。」

「謝謝媽！」

文母笑眯眯地看著媳婦離去，文家的男人們是需要改變。

她想起早晨她告訴丈夫要有些自主的權利時，孩子的爹那個滑稽表情，她嘴角的彎度就更大了。

莎夏在外頭的假山庭園中找到李宏，他正和雅立說話，似是討論什麼重要事情，兩人看到她時都不自然地停頓下來。

「文傲在什麼地方？」她單刀直入地問。

李宏迅速地看了雅立一眼，後者對他使了個眼色，兩個人都沒有意思回答她的問題。

「不想告訴我？」

他們迴避她的目光。

「好！你們不想告訴我也沒關係，我立刻要見到他，幫我把他找來。」

「有什麼事嗎？」李宏小心翼翼地探問。

莎夏板起臉來，「我自己開車去找他。」

「千萬不可！」雅立驚呼。

莎夏給他們機會妥協。「那麼你就幫我把他叫來。」

李宏徵求雅立的意見，雅立看了眼莎夏的表情就知道不找不行了。

「照她說的做，我跟你一道去！」

「那好！我在家裡等著，希望你們別讓我等太久。」

雅立歎口氣，眼中有著奇特的堅決光芒，「我辦事，妳應該放心的。」

「我是！」她肯定地點頭，「謝謝你，我相信你會以我的福祉爲優先的。」

「當然！」

莎夏放話後就將地方還給他們，但是平靜卻已不復存在了。

雅立跨開大步，「走吧！我也想跟文傲談談。」

雅立和李宏先後走出夏屋的停機坪。

在前方海灘上，他看見一位眼熟的美女穿著比基尼泳裝，做著日光浴。

「嗨！席琳。」

這就是他想要和文傲談談的原因。

席琳回應地對他猛招手，雅立指指屋子，表示要找文傲說話，逕自往屋裡走。

當雅立見到文傲時，馬上不悅地衝著他問，「這怎麼回事？」

文傲斜抬一隻眼，「雅立，你來這兒幹什麼？」他頓了頓，「還有……什麼怎麼回事？」

「席琳。」他咬牙切齒地指著外頭，「李宏告訴我了，你搞什麼鬼在蜜月期邀她來？」

「我不是邀了你嗎？」他用高傲的口氣掩飾他眞正的心情。

雅立氣得猛然揪住他的衣領，「我早就警告過你，看看你娶了她這些日子是怎樣地漠視她？」

「冷靜！」他強硬地扯下弄皺他衣領的雙手，「雅立，席琳是我在結婚之前就邀請她來了，跟你一樣不是嗎？我想你應該記得才是。」

雅立怒，「但是她拒絕了。」

「是的，可是現在她又突然跑來了，我能怎麼樣呢？」

「你可以趕她出去，最多替她出機票錢送她走，而且是愈快愈好。」

文傲迅速地看了外面一眼。

「你知道我不能這麼做，我是這兒的主人，我有必要招待她，我不在乎她何時來，當然也不在乎她何時要離開。」

雅立聽出了他對席琳的感覺，但這是什麼論調？

他沉聲問，「你有沒有想過會出什麼問題？莎夏知道會怎麼想？」

文傲低咒一聲。

他當然知道莎夏會想些什麼。

他當初邀請席琳就跟邀請雅立一樣，都是爲了要刺激莎夏，可是他目前已經沒有心情做這種事了。

窗外的天空飄過一朵浮雲，但文傲的心情可不悠閒。

「這就是我把席琳安排在這裡的原因，我不想讓她誤會，我們之間的誤會和事實已經夠錯綜複雜了。」

「你既然有認知，更不應該讓席琳待在夏屋中，你每天都往這兒跑，想教人怎麼猜想才好呢？」雅立用著興師問罪的語氣。

「沒有必要猜想，我也不打算向別人解釋我爲何要這麼做……」

其實是因爲其他兩座房子全都在裝修中，再加上主人總不好讓客人獨處，也不想讓她和莎夏住在一起引起誤會，文傲才會作出這樣的決定。

但他一向不愛向別人解釋他的用意，當然也不會對雅立例外。

「莎夏要見你。」雅立不等他說完就打斷他。

文傲的下顎繃緊，「你帶她來了？」

「你緊張了？」

文傲暴怒全呈現在臉上，「李宏這傢伙是幹什麼吃的？居然……」

雅立及時阻止了他的怒氣，「你的秘書很盡責，她沒有跟來這裡，不過，很快就會來了。」他看了僵硬的文傲幾秒鐘，「莎夏揚言要立刻見到你，若是時間拖得太久的話……她就會不顧我們的反對出來找你，我的話已經傳到了，你要是不願意回應她的請求也可以，反正這個地方就只有四處可以找，莎夏就算運氣再不好也只能找錯三次，只不過當她看到……」他別有所指地看向外頭的席琳，「那麼事情的發展我不認為會很有趣。」

文傲沒有說話，時間在這一刹那似乎停住了，氣氛很糟。

「你要跟我回去，還是留在這裡等莎夏來找？你很清楚她的個性有多堅決。」

「該死！」文傲怒咒。

雅立滿意了。

她找他有什麼事呢？

而他見到她要跟她說些什麼呢？文傲一直到回到主屋裡還在想著這個問題。

海棠是他回家第一個見到的人，他懷疑是她在房間窗子中窺見他回來，特意下來迎向他。

「文傲！」

她猶如乳燕投懷地向文傲奔來。

但卻撲了個空！文傲向左跨出一步，理也不理地往樓上走去。

「別這樣！」她拉住文傲的手，「有什麼好急的？」

他停住了。

「有事嗎？」音調中不喜也不怒。

海棠嫣然一笑，「我有事兒想跟你說說。」她得寸進尺地挽住文傲的手，「跟我進房裡來。」

「有什麼事在這兒說也是一樣。」

他不想讓莎夏生氣，既然他不想避開他的妻子，又何必到什麼隱密的地方說話？

她賊一樣地四處張望著，「會有人看見我們，我不想讓僕人看見。」

不想讓僕人看見？

她竟然避諱的不是他的妻子，文傲大驚地發現……

他連日來的行爲，難道已將莎夏的處境貶低到這種地步了嗎？心疼的感覺立即揪住了他，他懊悔他的行爲。

「好吧！」他倒要看看她在搞什麼鬼？「但不要在妳的房間，我們就到圖書室好了。」

海棠在他不容妥協的語氣下同意了。

關上圖書室的門，她就迫不及待地投入文傲懷中，緊緊抱住文傲。

他推開她，「請妳自重。」冷冷的語氣中隱著厭煩的情緒。

海棠自作多情，笑若春花，「你不用再瞞我了，我在旁邊都已經看得很清楚。」

「容我請問，妳究竟看清楚了什麼？或者我該問……妳以爲妳看清楚了什麼？」

他突然覺得這談話內容很蠢，他回來不是想在這兒浪費時間的。

看著海棠，他覺得這個女人也很蠢，莎夏從來不會令他覺得厭倦，眞不知道他以前怎麼會以爲這種人好？

「文傲，我們結婚吧！」她語不驚人死不休地說道。

文傲僵了一下，「我可以提醒妳一件事嗎？」他抑下到口的怒氣，一字一句清清楚楚地說道：「我已經結婚了！而且我並不打算重婚。」

「你可以離婚！」她興高采烈地。

文傲氣息一窒，「離婚？是莎夏讓妳對我說的嗎？」他全身緊繃地瞪著她。

「是我自己想出來的。」

文傲明顯地放鬆。

「我知道你帶她回來只是想要氣我，你的心意我都已經明白了，現在只消等你與她離婚，我們就可以結婚。」

「我永遠不會跟妳結婚！」文傲冷酷的唇抿成一線，「我也不會和我自己選擇的妻子離婚，我不會離棄我的妻子。」

她急切地解釋，「我知道你一直在氣我嫁給你大哥的事，我知道是我錯了，我們現在有機會重新來過。」

「我沒有在氣妳，我也沒有打算和妳重新來過什麼，妳若是耐不住寂寞就離開，沒有人要妳一輩子守在文家耗去妳大好的青春。」

「文傲，你根本就不愛她，爲什麼要將你的後半生和一個你不愛的女人牽扯在一起呢？自從你大哥死了之後，我就一直盼望能和你破鏡重圓，你知道嗎？我在結婚當天就後悔了，你爲什麼從來不會挽留我？」

文傲爆發了，「妳膽敢現在來告訴我妳後悔了？在妳毀了我哥哥的生活之後？妳還敢這麼理直氣壯地大聲說出這種話？我可以明白地告訴妳，我沒有挽留任何人的習慣，當然更不會挽留一個不值得我這麼做的女人，而且……」他殘酷地抓住她，「我是不是愛莎夏也不關妳的事，我沒有必要對妳證明；但是我可以肯定地告訴妳，我絕對不愛妳，世界上唯一愛過妳的男人就是我大哥，可惜他已經死了，妳有過機會，但沒有把握住！」

海棠軟軟地頹倒在椅子上。

原來，她守在文家這麼多年的願望都白費了。

文傲看也不看她一眼地拋下一句，「海棠，妳走吧，妳還年輕，去找個愛妳的男人吧！」

莎夏獨坐在屋，她等待著。

雖然文傲還沒出現在她面前，她卻能感覺到他在門外猶豫地佇足。

門把緩緩地轉動，接著被猛一推開，看得出來人是下了決心，她在看見他人之前就先聽見那清朗磁柔的聲音。

「雅立說妳有急事要立刻見我。」

當他發現自己竟呆愣地啜飲著她的美麗時，文傲轉過身去關上房門。

「不算是急事……」她的聲音和心情一樣地不穩，「只是我太久沒見到我的丈夫了，這有些不尋常吧？」

他隨即爲自己辯解，「我每天都回來過夜……」而後停頓下來幾秒，「妳說的對，是我的錯。」

他雖然每天都回來，但是莎夏卻沒有見過他，因爲文傲都在她睡沉之後才回來，又在她醒之前就離開了她，連他的妻子都沒見到他，這也難怪海棠會羞辱她，罪魁禍首是他，文傲不想推諉責任。

「很高興你這麼認爲。」莎夏慢慢地說著。

「是海棠找妳麻煩嗎？妳放心，她以後不會再找妳碴了。」

「我不是指這個，」她看見文傲不解地抬起頭，「我想知道的是原因。」她不自覺地扭絞著手指。

「原因？」

「你避開我的原因。」她有權利知道。

他遲疑了一下，嘴角微微地抽搐，「奇怪，我還以爲妳曾經要我離妳遠一點。」

她不記得了，「什麼時候？我們見面的次數寥寥可數。」

文傲客氣地看著她，「妳忘記了？」他找了個地方坐下，就在莎夏正前方的床上，「就在這張床上，妳不是很清楚地告訴我……叫我滾開嗎？」

她想起來了，但那是特殊情況，她試著平靜地看著文傲，「你能怪我嗎？」她強迫自己看著他的眼睛。

他默然了，憶及當時的情況，他是不能太苛責她，於是……

他對著等待答案的莎夏慢吞吞地搖了搖頭。

「謝謝，我很高興你並不怪罪於我，因爲我也並不是眞心這樣說的，那只是一時的氣話，你剛才的意思是……」她搜索枯腸，「你就爲了我的一時氣話，所以才每天閃避著我？這讓人很難相信，這是你的家。」

「並不完全是這樣，當然還有種種的原因，而且我並沒有刻意閃避任何人，尤其是妳……」他的目光燒灼著她，「尤其是妳，我的新娘。」

他對她說了謊。

莎夏也看了出來，文傲是不會對她解釋他對她的感情，他覺得男人全都應該是硬漢，那種打落牙齒和血吞的硬漢。

但她可以讓步，就由她先開始表白，「我想對你澄清我們的誤會，現在你應該比較聽得進去了吧？」

「妳不用對我解釋什麼。」他並不想聽，「妳有妳的自由……」

「可是我要！」莎夏顫抖握著拳，「我要你聽我把話說完。」

文傲凝視著她，用那雙銳利的黑眸打量她好一會兒，「好吧！既然妳堅持……」他點點頭，整個身體往後仰躺，替自己找了一個舒服的位置，「請說，但不要勉強。」

莎夏面色潮紅，他們結婚雖也有一段時日，但她仍不能習慣床上有一個男人躺著，而文傲卻是那麼地自然躺在那兒看著她，讓她差點忘了自己原先想要做什麼。

他沒有催促她，只是用著那種置身事外的眼光閒閒地掃過她，讓事情更不容易開始。

「我想告訴你……我和雅立不是情人，我們只是普通朋友，從來就不是情人……」

「我知道，妳有事實證明不是嗎？」他很激動，但垂下長長的眼睫藏住眼中的表情，不想嚇壞她，對那件事，他也一直很懊悔。

莎夏羞紅了臉，但也鬆了一口氣，有了開始之後，接下來就比較容易繼續了。

「至於我記憶力好的事，也不是故意要瞞你……」她看見文傲眼中精光一閃，「噢！不，我可能真是故意隱瞞的，但那不是針對你，我只是不希望讓別人知道我跟別人不一樣……」她痛苦地閉上眼睛，「我也不是故意去偷聽你跟別人談話，那天完全是個巧合……」她碎不成聲，無法完整地說下去。

他半撐起手肘坐起來，「妳沒有必要……萬一不想說就不用說。」

他不忍心看見她強迫自己對他吐露她隱藏的內心秘密，雖然他曾認爲她隱瞞自己是一種冒犯。

他仍是關心她的，發現了這一點使莎夏有勇氣再說下去。

「我不知道別人心裡確實的感覺是什麼？我沒有刺探別人心事的能力，但我有很多的經驗佐證，很多搬家的經驗，從一家又一家的實驗室。」

「爲什麼？」

「我的父母希望我有特別的能力，他們可以送我去實驗室，多拿一些錢。」

這就是她不希望別人注意到她有多聰明的原因嗎？

想像她的遭遇，他心痛著。

想像著隱私受到了侵犯，被當成實驗對象，老天！這只是她保護自己的方式，他原先只想到自己的立場，卻不肯聽她解釋。

他可以從她刻意裝作不在意的語氣，聽出這些對她的傷害。「莎夏……」聲音充滿了壓抑的感情。

「讓我說完，」她半閤著眼睛，平淡地敘述著，「我並不習慣對別人說出我心裡的事情，你最好不要打斷我，我雖然和我的姊妹很親近，但是也很少互談心事，我們互相瞭解，因爲遭遇相似。我們老爹是世界上最好的爸爸，他以他特殊而美好的愛心，給了我們這群奇怪孩子一個美妙的家。我從不認爲我需要爲了名或是利而結婚，我對我所擁有的已經很滿足了，你那天聽見的話，只是我爲了不使我姊姊擔心而說的違心之論，我沒想到會造成這麼嚴重的傷害，我爲了這個向你道歉。」

聽了她一席話，文傲探究自己的內心，發現他竟毫不懷疑。可能答案老早就在那裡了，只是他一直固執地不肯相信，眞正在找碴的人居然是他自己，他是怎樣對待他甜美的莎夏呢？

「我可以問一個問題嗎？」

「當然！」一切她忌諱的事都說完了，還會有什麼不能講的呢？

「妳爲什麼要召我回來，告訴我這些心底的秘密？」他目光沒有一刻稍離開她。

莎夏表情一黯，「你還不知道嗎？我受不了我們之間的疏離，我希望我們能好好地相處，幸福地度過這短暫的一生。」

文傲憶及他對她做過的那些殘酷的事和言語，他惡劣得可以讓她恨他，或者殺了他也不爲過，而莎夏今天竟然想和他共度一生？

答案呼之欲出，他顯得急切且激動，「爲什麼？妳爲什麼願意和我共此餘生？」

她歎口氣，被他閃著光的眼睛盯得口乾舌燥，「你如果到現在還不知道的話，可能就永遠不會曉得了。」

「我要證實我心裡想的。」

莎夏偏轉過頭，輕聲說出他想聽的話：「我愛上了你。」而且以她剛才聽來的情報，她也認爲文傲愛上她了，雖然他可能還不知道。

「妳以爲妳愛上了我。」

莎夏火大了，「我不用你來替我解釋我的心情，我愛你，很抱歉你並不覺得高興，可能還爲你帶來一些沉重的心理負擔，但是你覺得我迷戀你什麼？我認識你以來，你流露出的翩翩風度嗎？還是你和善的態度？」

她諷刺的語氣讓文傲忍不出發笑。

「很好，你覺得有趣。對不起！我本來還想說是你高超的床上功夫，但恐怕這理由連你自己都不相信吧？」

文傲輕笑出聲，「我承認我不是紳士，但是妳在還沒全盤瞭解之前就祇毀我的床上功夫，是不是有些過分呢？既然我有那麼多的缺點，妳爲什麼還會理我？」他這回聰明地沒加上其他字眼。

氣憤的淚水不爭氣地掉下她的臉龐，「除了那該死的愛情還會有什麼？你根本就一無是處，沒有半點地方可取，我作夢也沒有想到會嫁給像你這樣的人……」文傲以吻堵住了她的話語。

他纏綿地吻她，她的氣話比任何甜言蜜語都令他感動，比天籟還好聽得多。輾轉的熱吻迷失了莎夏的理智，她忘了原本可接著罵的一大堆詞兒，全都忘得差不多了。

「怎麼樣？」文傲在她唇邊輕歎著，將臉移至她的髮中，嗅著其中的芬芳。她迷濛的眼中有著愛情的美麗，「或許……你並不都是缺點，至少你親吻做得不錯……」她被文傲突然地擁緊。

「好，很高興我有進步了。」從髮絲中傳來文傲悶悶地愉快笑聲，「現在我要改進床上功夫那部分。」他深深地吻住她。

第十六章

早餐桌上，就連白癡也能從文傲揚著的嘴角看出幸福的腳步踏上了文家階梯。

莎夏眉眼綻放著快樂的笑容，讓她的好友雅立也爲她放下一顆久懸的心，只要文傲將夏屋中的席琳遣走，事情就更完美了，雅立覺得自己也度假度得夠久了，應該可以擇日離開。

除了石海棠，她是唯一不滿意的人，她已經準備告別文家了，這對她未嘗不是一種好事，一個年輕的女子還是不要一輩子爲了虛幻的目標將自己困在這裡。此時文家對莎夏來說，不再是一個監牢，這兒已經成爲她心目中的天堂，若是有文傲與她相知相守，她不介意在這兒終老。

莎夏本來就怕吵，現在住在這兒，感覺說有多好就有多好，她才不想要搬到其他的地方呢！

也許偶爾和文傲出門去辦事吧！她是不介意「歸隱山林」的，這麼好的地方，莎夏計劃要請她的家人來作客。

「好啊！妳想怎麼做就做吧！」文傲贊成她的意見。

文傲的父親皺著眉頭，「妳的家人該不會都跟妳一樣吧？聽說妳只有姊妹沒有兄弟，親家翁又是法國人……」

莎夏現在對付公公的辦法有一籮筐，最有效和常用的那一招就是「裝瘋賣傻」。

「爸爸指的是哪一方面？」她笑笑，「我的家人可以爲你效力一定都和我一樣高興，我姊姊的公司最近開發出一套抗皺防老的化粧品，男性用和女性用一樣有效，不過……」她仔細地上前端詳文謹的臉，「你的狀況可能要比別人多擦幾次，大概是年輕時都不用保養品……」

文母成了掩口葫蘆笑個不停，經文謹嚴厲地瞪視後仍止不住笑意。雅立一旁用咳嗽掩飾，不停用眼角瞄著文傲，他的耐力高強，只有嘴角微微地痙攣著。

「反了，反了！」文謹對著兒子說道：「你娶這個是什麼媳婦，自她進門之後，我就沒有一天好日子過，就連你媽都受了她影響，這世上居然還有媳婦帶壞婆婆的事情？」

雅立聽見連忙轉過頭去偷笑。

文傲點頭，似乎對父親所說頗有同感，很慎重傾身向他傻呼呼的妻子說：「爸爸不喜歡妳剛才的建議，做人媳婦不要惹爸爸生氣，想些爸爸喜歡的。」

「是！」這可是莎夏第一次聽話地作出乖巧媳婦狀。

「還好不是不受教！」文父正經八百地說。

莎夏接下來卻說出驚人之語，「不知爸爸較喜歡什麼？我一定想法子辦妥，」她也學剛才文傲那樣傾身上前，「是想抗衰老的化妝品呢？還是去拉斯維加斯賭博？我記性很好，很會記牌。」

雅立將茶杯舉起掩住笑容。

「賭博？」文父雙目怒瞪著她，「我們文家不許賭博，難道妳不知道賭足以害人傾家蕩產？」

莎夏大驚，「賭博會輸誰敢賭？」一副理直氣壯樣子。

雅立笑得嗆住了，灑得一身的茶水，「對不起，我要去換件衣服。」趁沒人理他，就急急逃離爆笑現場。

而莎夏還很慎重地考慮，喃喃地說道：「要到賭場去的話，只能化妝易容了，我去太多次，贏得太多，是賭場登記有案的黑名單。」

「好了！」文傲微笑碰碰莎夏肩膀，「爸爸已經走了，妳不可能沒聽到他說……」

「他說什麼？」敢情她還真的太專心沒聽見。

「他說……」文母笑著插口，「真是不可救藥！哈……好久沒有這麼開心了，真是謝謝妳呀！莎夏。」

她能說什麼呢？一個人有功勞時就不要太謙虛。

「不用客氣。」她大剌剌地接受了婆婆的稱讚。

還好父親已經離開了，文傲只能暗暗地歎氣，文家多年來的傳統在他娶了莎夏之後徹底崩潰，他算是不肖子孫吧！他笑著搖頭。

夜晚當莎夏偎在文傲身旁，他的體溫傳到莎夏的身上，讓她覺得兩人益發地親近。

「我愛你！文傲。」她輕聲呢喃。

文傲沒有回答她，但莎夏可以從他的表現中看出他愛她。

「告訴我你愛我。」她逼迫著他，「我知道你是愛我的。」

但她還是想聽見他親口對她說，雖然莎夏不願意承認，但她一直都怕文傲還在介意她曾經耍弄過他那件事。

文傲但笑不語，莎夏嘟著嘴轉過身去。

「不高興？哪有人用強迫的方法？屈打成招是不算數的。」文傲打趣說。

「屈打成招？」莎夏坐起來，蓋在身上的床單滑落腰際，「好！我就等到你自願承認那一天到了，可是……到時候我就要把你甩掉。」

文傲微笑，「這樣還說是愛我？妳分明就是耽於肉慾和享樂才捨不得我。」

他是愛她，文傲覺得自己愛她愛得心都發疼了，只不過還是不好意思說出來。

「胡說！」莎夏用力捏他一把，「我明明是愛你！」

「好……」他若不識相點，可能會被她整治成肉餅，「妳捏壞了我，難道不會心疼嗎？」他將莎夏拉倒擁入懷中。

「文傲！」莎夏仰起臉兒，「你爲什麼每天都要出去，在這兒辦公不行嗎？」

「不行！」他輕點她的鼻尖，「妳會讓我分心的。」

莎夏愛嬌地蹭著他，「我保證乖一點，你就搬回來好不好。」她搖著他的手臂要求著。

「我這些天不都早早就回來了嗎？」他看著莎夏令人憐愛的神情，不忍拒絕她的要求，「好啦，我會考慮妳的提議。」

「好棒！」她興高采烈地抱住他，臉頰在他胸膛摩挲著。

文傲的眼中泛起陣陣愛意，「如果能讓妳這麼快樂的話，我就答應妳。」

他得到一聲歡呼和隨之而來的紅利……

這天，雅立的晨間運動多了一個同伴。

「文傲，我想到了向你們告辭的時候了。」雅立冒出一句。

「眞的那麼快就要走？」文傲早就看出他有意離開。

「你不覺得我當電燈泡夠久了嗎？」雅立朗笑，「你不嫌煩我都開始受不了了，看別人卿卿我我，自己卻孤家寡人眞不好受，我要去尋找我生命中的春天。」

文傲讓雅立的說法給惹笑了，「要走就走吧！何必說得可憐兮兮，想騙人石雅立找不到女人愛？我就幫你個忙好了，明天我就叫李宏登個啓事，發佈你在這兒的消息。」

雅立哀叫告饒。「別，拜託！千萬別這樣做，我好不容易才清靜幾天，過個舒服日子，你就看我不順眼？」

「好了，我也是跟你開開玩笑罷了。」文傲伸伸腰，「你要走的事，就交代李宏安排飛機送你。」

「我想和海棠一道兒離開，還有……」他鄭重地對著文傲問道：「席琳走了沒有？」他從文傲煩悶的神色猜出了情況，很生氣，「你再不將她送走會有麻煩的，現在沒有出事是你運氣好，這個小地方藏不住秘密，若是莎夏因此受到傷害，我不會站在你那一邊的，她也不會原諒你。」

「我跟席琳沒什麼。」事情怎麼好像倒過來了？現在輪他被雅立懷疑。

「你叫我怎麼相信？你的表現曖昧，別人若知道你在夏屋藏一個女人，他們會怎麼想？」雅立咄咄逼人。

「莎夏不是別人！」

「沒錯！」雅立同意，「她不是別人，那不是更慘！她是戀愛中的女人，她更會鑽牛角尖，要不要跟我打賭？」

「我不，我不會拿莎夏來打賭。」

「那好，我希望席琳能夠比我和海棠走得還早，如果你想通了，請把好消息通知我，至於現在……」雅立轉身背對他跑開，「我不太想理你，那樣彷彿背叛了另一個朋友。」

莎夏從婆婆那兒得知文傲在夏屋工作。

由於她的要求，文傲日前就將部分的工作都帶回來做，至於其他必備的用品，也都會在這一兩天之內全部搬回來主屋。

在他全都搬回來之前，她想要去看看夏屋，順便給文傲一個驚喜，也許看到她一樂，他就甘心說愛她了。

她每天都問他同樣的事，總有一天文傲會親口告訴她，他有多麼地愛她，多麼地爲她著迷……

想到他搬回主屋工作，她就可以更常看見他了，莎夏覺得好快樂，一早就下廚房親自打點了一些東西，想要帶去夏屋給丈夫一個驚喜，她跟管家拿了地圖，有了地圖讓她方便許多，她沒有必要想去哪兒都要透過別人。

她駛著吉普車穿越山路，文傲曾告訴她山裡有很多小生物，她希望是一些可愛的松鼠或是美麗的小鳥，一想到可能是什麼毒蟲就全身起雞皮疙瘩。

夏屋靠近海邊，莎夏看了看地圖再對照眼前的地形，她果然找到了。

「耶，太好了！」她加速開往前方。

突然，她急刹車，她因爲看見了不屬於這兒的人而感到疑惑。

莎夏下車往那人走去，她正在夏屋前方作著日光浴，好眼熟啊！她認識她嗎？當走近到可以辨識她的面容時，莎夏不由得一震。

「席琳？」

她轉過頭來，證實了莎夏的猜測。和莎夏最後一次見她的時候有些不一樣，席琳全身都被曬成均勻的金棕色，顯然她已在這兒有好長一段時間了。

她全身發冷。

難怪文傲花了那麼長的時間在這兒，她從眼角看見文傲秘書大驚地走過來，所有的證據都指向最壞的那個地方。

全部對文傲不利。

「嗨！」席琳的笑容帶著點示威的意味。

莎夏轉身就走，李宏趕上來擋在她前面。

「她來多久了？」

李宏沒說話，但莎夏本來就沒期望他會回答。

「好，我明白了，雅立也知道？你們把我當什麼？文傲可以永遠在這兒金屋藏嬌沒人發現？」她不悅地問。

怪不得他結婚後每天不見人影，怪不得他非要在這兒辦公事，怪不得他會拒絕石海棠的求愛。

想到她竟天眞地以爲他是爲了她而拒絕海棠，莎夏就覺得可笑，她的心痛得快要爆裂開來，不爭氣的淚水如珍珠斷線灑落一地。

「莎夏，妳還是先和文傲談談再下判斷好嗎？」李宏不讓她離去，執意要她去見文傲。

「不用你說我也要去見他。」莎夏用力推開他，匆匆地跑向屋裡。

倔強有效地止住她的淚水，乍見莎夏出現在眼前，文傲驚訝地沒有做出任何動作。

莎夏直挺挺地走到他面前，拿起他擺放在桌上的一個金質鎭紙，指著他身旁的大型黃玉花瓶問，「這個東西是你的嗎？」

文傲未明所以地點頭。

「很好！」莎夏想也不想就敲破那口花瓶。

「莎夏，妳別衝動。那是我最喜歡的東西之一。」

「已經成爲歷史了，要是你不喜歡我還不想砸。」莎夏氣憤地微仰著頭，手裡的鎭紙一揚，文傲後頭的窗戶又破了一個大洞，碎片飛濺刺傷了莎夏的手，一抹鮮紅怵目驚心。

「妳受傷了。」文傲驚慌地抓住她的手。

莎夏不領情地甩開，「別假惺惺。」

她繼續她的破壞行爲，敲破所有她認爲是文傲重視的東西洩憤。

文傲明白了，他的臉色倏地慘白，她看見席琳了。

文傲攫住她，「妳聽我說，不要生氣，我可以解釋。」

莎夏緊咬住唇，胸脯激動地不住起伏著，她深呼吸不讓眼淚掉下來。

「我不，我偏要把它們全都砸碎……」她的唇泛出血絲，「就像你砸碎我的心一樣。」她撕扯著他的襯衫，紅色的手印代替她的心在文傲身上滴血。

「妳誤會了……」他焦急地解釋，「事情不是妳所想的那樣。」

莎夏激烈的反應嚇著他了，現在的文傲終能體會雅立所說的情況，他不行讓她這樣，他不行失去她，他愛她啊！

「不要說！我已經不想聽你說什麼了，一切都結束了！」

她用力推開他，文傲一個踉蹌，跌在桌子旁，莎夏趁這個空檔，直往外跑去。

跳上吉普車，莎夏的腦袋轟轟作響，聽不見文傲在後頭狂喊她的名字，看不到文家的人在她後頭亂成一團，只是拚命地往前開，想要離他愈遠愈好。

他是什麼時候策劃這個計劃要對付她？

只怪她自己傻，以爲所有的人都會和她一樣陷入愛河中，莎夏猜測席琳是和雅立一同被文傲邀請的客人，原因可能就跟他邀雅立一樣，都是爲了氣她。

精神渙散的莎夏，在這時只有一個念頭，就是要徹底地和文傲分開，她可以跟著雅立一道離開，在雅立面前她是安全的，文傲不可能限制她的行動，這也許是她離開他的唯一機會了。

由於車速過快，莎夏又不太專心，當她看見眼前的大樹時，已來不及閃躲，逕自撞上了它。

或許她昏迷了一陣子，當莎夏回復意識時也不太肯定她在什麼地方，有些噁心想吐，可能是腦震盪，方向也因爲她亂開一陣而迷失了。

她發動引擎，車子已不能用，多半是被她撞壞了，行動遲緩地下車，走沒幾步路就撲倒在地上。

「啊！」她的腳背刺痛，彷彿被什麼生物咬了。

隱在草叢的蛇迅捷地逃走，她可以清楚地看見在牠尾巴留下的泥鞋印，破壞了牠斑斕的美，是一尾黑白相間的蛇。

眞奇怪，以前她總認爲蛇是很醜的生物，沒想到在牠咬了她一口的現在，居然還覺得牠美？就像她和文傲的關係一樣，她明知是飛蛾撲火還上前去。

她認識牠，以前曾在書上讀過，雨傘節，是一種有毒的蛇，看起來很漂亮，但是有劇毒，而且是神經毒，所以她只有微微的刺痛，她曉得接著會有什麼症狀，她會呼吸困難，最後死在這裡。

但莎夏並不驚慌，她甚至不想利用她擁有的急救常識，只是懶懶地坐在那兒，想著事情發生的經過，想著她的家人，想著她少數的朋友……

當大家得知她的死訊時，他們會有什麼反應？

雅立會以爲她故意爲了文傲而尋死嗎？想到有這個可能，莎夏的精神馬上就回來了。

她才不要別人以爲她爲了那個男人尋死！莎夏解下她束髮的絲帶，綁住她傷口的上端，比較靠近心臟的位置，減緩毒液到達心臟的速度，然後拿出她的手機，打開衛星導航，找尋自己的位置。

就算要死，至少也要活到他們找到她爲止，絕對不要造成別人的誤解。

文傲出動了所有的人來找她，兩個人編成一組，分頭去找。

文傲和雅立分成一組，雅立在文傲告知他事情之後，就氣得一句話也不跟他說，這種情況已經維持了有一段時間了。

「找到莎夏以後，如果她的意願是要離開，我決定要帶她走。」沒想到雅立說的第一句話卻是這個。

「不！雅立……」

「你沒有理由拒絕，我老早就告訴過你會發生什麼事了，你罔顧我的忠告，席琳竟然還在這裡，你的面子既然比婚姻重要，我覺得莎夏應該有選擇的機會。現在你又讓她置身於危險之中……」

「我是要遣席琳回去，可是沒有班機……」

「沒有班機可以送她到本島的旅館！你家有直昇機。」雅立對他怒吼完，又頹喪地說，「目前說什麼都沒用了，先找到莎夏才重要。」

文傲沒有駁斥他的話，雅立說得沒有錯，這是他的疏忽，只是他不瞭解莎夏的性子竟這麼烈，她連聽都不願意聽他解釋。

這不就跟他當初對她一樣嗎？文傲現在可以瞭解她當初的心情，更是懊悔他自己的作爲。

「找到了……」

並沒有那麼難找，莎夏有帶手機，她用衛星導航提供了她的座標。

文傲和雅立飛快地跑過去，他一眼就看到了莎夏駛離夏屋時所開的車子。在眾人圍繞的中心看到了莎夏。

「文先生，夫人被蛇咬了。」

「天！」文傲跪坐她身邊，「莎夏，妳看見是什麼蛇嗎？」他的手不住地顫抖著。

「雨傘節。」她有氣無力地說。

雅立馬上大喊著要人準備直升機，吼著叫人安排擔架。

文傲不等擔架拿來，抱起她就衝出來，怕得已經不會說什麼命令的話了，也喪失了他一向引以爲傲的組織能力。她不知道被咬了多久，若是他來不及……

他們很快地將她送上直升機，爲雅立他們而準備卻正好派上用場，文傲陪著她一塊兒，他的臉色竟然比她還要蒼白。

「我……」

他看著她的眼閃著淚光，「妳別說話，我們已聯絡好了，馬上就會到醫院，一切都不會有問題。」

莎夏頑固地搖著頭，剛才暈眩的感覺仍持續著，她一定要把話說完……

「我……不會爲了你尋死，我踩了牠一腳，牠咬我一口……我們扯平了，就跟你一樣……我再也不欠你什麼了……」她語無倫次地說著：「記住……我不是爲了你而死的……」

但文傲卻聽得懂，他全身的血液都凍結了，眼淚滴在莎夏的臉上。

「我一定是……快死了，才會以爲你在……掉眼淚，要不然就是……已經死了……」

雅立也焦急地問：「她究竟在說些什麼？」

他深吸一口氣，仍止不住語氣中的哽咽，「她說……她放棄了我。」

第十七章

「別那麼大驚小怪嘛！這年頭哪有人會被條蛇咬了一口就死的？當然更不可能會發生在我身上，我只不過是小小地撞了一棵樹，頭暈還比那個嚴重得多。」

發覺莎夏已經可以開自己玩笑，雅立和她的家人都放心了。

只有她的小妹湘竹還一直用著奇怪的探測眼光偷瞄著她，還挺擔心的樣子。

「好啦，也沒人會爲了感情受創而活不下去的，時間久了自然會痊癒的。」

她仍是不相信她的樣子，但是也不反駁她，只是研究地觀察著她，雅立也學著湘竹一樣地瞅著她。

「我看到你們兩個就煩，趕快給我出去，我要安靜一下。」

趕走了雅立和妹妹，一個人獨處在孤寂中，這就是最適合她的結局吧？她本來就不該幻想有人會愛上她，不該作那種美夢……

文傲再一次地來到醫院，他幾乎不時地來，但是一次也沒有見到他的妻子，他被她的家人隔絕在門外，沒有人和他站在同一陣線上。

就連他最好的朋友薩奇也和雅立一樣不諒解他。

他沒有話說，只是默默地在一邊等待，也許會有機會見到她……

走到病房外，他驚喜地發現沒有人守著門口，他正想開門進去，莎夏的小妹已從走廊的那一端走來，他從她的眼神看出她看到了他。

「湘竹。」他向她打著招呼。

湘竹沒有回應他，只是皺著眉瞪著他，那種如同可以穿透他內心的凝視，文傲坦然以對。

良久，她似乎沒有看見他一般，轉身往她剛才走過的路回去，假裝沒有看見他。

文傲抓住了這個機會，欣喜地轉開門把進去。

「出去！」莎夏的聲音冷冷傳來，「我不知道你用什麼說服小妹放你進來，我不想見到你。」

她連這樣都知道，那她一定也曉得他每天都來看她囉？文傲心酸地想。

「莎夏，妳給我一個機會解釋好嗎？只要說完……我不怪妳要離開我……」

「你有什麼資格怪我？」不能紓解的痛苦化作憤怒發洩出來，「我不要聽，不要聽……不要聽……」她捂住耳朵。

文傲走到她面前，「求求妳聽我說，是我不對，我不應該邀請席琳到家裡來，但我就是發現了這個錯誤，所以才安排她住在夏屋，怕妳發現以後會起誤會。我願意爲這個付出任何代價，只求妳不要離開我，我是眞的很愛妳的。」

他愛她？

她曾願爲了讓他說這句話付出任何代價，但是不是這種情形……

「說謊！」她大吼。

「妳不瞭解嗎？」他的聲音又低又柔，「我愛妳勝過任何人，妳住院這段期間，我痛苦得快要死了，多希望能在妳身邊爲妳分擔……」

「不！你不愛我……」她心碎地啜泣，「你如果曾經愛過我一點點，就不會傷害我，你總是不停地找新的方法折磨我……」她狂亂地搖著頭。

他疲乏地凝視著那張他心愛的臉龐，胸口緊縮地幾乎令他無法呼吸，傷心地發現她說的竟都是實情。

他深吸口氣，調勻呼吸做最後的努力，抓緊他最後的一次機會，「妳知道嗎？」他的聲音顫抖，眼睛幾乎無法正視她，「當妳在我身邊，而我相信妳正愛著雅立時，我是怎麼熬過來的？我那麼嫉妒，一樣沒有理由那麼錯待妳，但妳不是已經原諒我了嗎？」

「你出去……出去……」她不想聽到他的話，她不要被他打動，也不要看見他痛楚的表情，不想再心軟給他機會來傷害她，可是他的話卻仍不停地鑽進她的腦袋裡。

「莎夏……」

「不……」她叫著拉扯著頭髮，拚命搥打著自己的頭，用力得讓自己只聽見耳朵嗡嗡作響。

「住手！」文傲叫喊著，「莎夏，別這樣！」

她激動的舉動召來醫護人員的聚集，沒有一個有辦法停止她的歇斯底里，醫生已經準備打針了。

文傲緊抓住她的肩膀，「我現在就走！」他抓下她抱著頭的手，心疼地看到她臉上的種種傷痕，「求求妳停下來，我立刻就走！」他放開茫然的她。

在走到門口時，文傲又回頭深深地凝視她一眼，彷彿那將成爲他最後的回憶，要將她的每個微小細節都鐫刻在心頭上，而後緩慢地轉過身去，在眾人面前移動沉重得幾乎舉不動的腳步離開她，走出了她的生命。

也離開了他的生命。

薩奇得知文傲在醫院的事就到他住的地方找他。

「我希望你以後別再見莎夏了。」他狠心地說完，文傲臉上表情令他不忍目睹。

「你怎能要求我這種事？我愛她。」他痛苦地掩面，「我這麼地愛著她……她卻不肯見我。」

薩奇想到以前的文傲是怎樣地嘲笑愛情，現在……

「我相信她也愛你，要不然莎夏也不會這麼地可憐……」他困難地看著他。

文傲抬起頭看他。

「你們離婚吧！」薩奇終於說出來了。

文傲悲憤地大笑，笑聲淒厲得嚇人。「從我們一結婚，這個詞兒就不斷地被提起，好像沒有人看重這個婚姻，但是……」他瞪著薩奇的眼中充斥著血絲，「我不和她離婚，你怎麼能……教我放棄這個？教我連希望也放棄？」

「你能怪誰呢？他們將最寶貴的女孩交給你，希望你能保護她、將她捧在手心裡呵護，我們相信你。」他責備地看著他，「而你究竟有沒有這樣做呢？才不過幾個月，我們再看見的莎夏已不再是那個風趣可愛的女孩了，你將她變成一個歷盡滄桑的小女人，你不覺得她的苦已經受夠了嗎？」

文傲雙拳握得指節泛白，他沒有替自己提出任何辯解，從他頸部急速跳動的脈搏可以看出激動的情緒。

「你看看你，」薩奇走到他身前，「人不像人，鬼不像鬼地，我從來沒有見過你跟現在一樣地失魂落魄，這是我認識的文傲嗎？那個英俊的花花公子？」

「我無所謂！」文傲將桌上的東西全掃落地，「我不想當花花公子……」他沙啞地嘶吼著，「我只要莎夏回來我身邊……」他令人鼻酸地無聲流著淚。

薩奇別過頭去，不忍看見那通紅的眼睛流下淚水，文傲多年來的硬漢形象在此時完全崩潰，毀在莎夏柔弱的纖手中。

第十八章

一個月、一個月地過去。

莎夏以爲她得到了平靜，但是每在午夜夢迴哭醒一次，她就更清楚地曉得自己是在欺騙自己。

再過些時候吧！

人說時間是最好的療傷工具，再過些時候可能就不會再想起他了，就不會想知道他過得好嗎？也不會在夢中投入他的懷抱。

「又做惡夢？」威廉環住女兒的肩，「孩子，對自己誠實一點。」

莎夏不自然地笑了笑，「老爹，你也睡不著？」她不想讓父親看出自己的心事。

「嗯！」

他將她拉到窗前，窗外的星星閃爍，明天必定有個好天氣。

「睡不著就看看外頭的風景，很快就會想睡了，有心煩的事也自然而然就解決了。」他把窗簾拉得更開一些。

莎夏順從地看著窗外街景，看著一盞盞的街燈，一棵棵的路樹，路邊停放的車輛……

「有沒有看見很眼熟的？」

那輛保時捷……

「不知道從什麼時候開始，那輛車就每天停在那兒，從我發現到現在也有三個月了，有時候還附帶一個小伙子癡癡地向上望，大部分的時候他都坐在車裡，可能是不想被別人發覺。」他停下來看看莎夏的反應。

莎夏用手捂住即將出口的嗚咽聲。

「和他談一談吧！那小伙子……也受夠苦了。」

老爹推了推僵著不知道做些什麼的莎夏，「既然愛著人家就別嘴硬，老爹還不知道妳在想些什麼嗎？兩個相愛的人何必要搞成這樣呢？戀愛就是要浪漫一點，吵架吵完就算了，你們這一架也吵了半年了，也該有個結果了，我都快等不及了，你們看是要分開呢？還是要復合？」

莎夏被情絲團團繞住，眞有一把慧劍可以斬斷情絲嗎？

他一瞬也不瞬地看著莎夏房間的窗口，失望她走離了他的視線範圍，盼望她能再度地踱回來看看夜色，也讓他可以好好地看一看她。

他看得太專心以致於沒有注意到她，莎夏走路既輕又快，直到她輕敲他的車窗玻璃。

有那麼一段時間，他以為自己因為太渴望看到她而看見幻影，有時他站一整晚都等不著她時，文傲會閉上眼睛看著他記憶中的影像，看起來就像在眼前一樣地清楚。

她又敲了二下。

文傲急遽地打開車門，莎夏差點閃躲不及而被打中，她斜斜退了幾步才穩住身子，兩人相對默默無言。

「老爹說……你每天都在這裡。」莎夏顫著聲說。

他變了，不再那麼意氣風發，看起來憔悴了，也瘦了許多。

最大的改變在於他眼中充滿了無奈。

文傲看著朝思暮想的愛人，心想：她眉間的輕愁讓他看了就心痛。

「莎夏……莎夏……」他粗嗄地喊她，莎夏的心不由自主地被他吸引著。

「天啊！我們之間到底怎麼了？」

他沒有一刻移開他的視線。

「我不知道。」

「我每天在這兒，看著妳房裡的窗戶，想著這個問題，有時候運氣好，我會在這兒看見窗上映出妳的身影，有時上天見憐，妳會打開窗站在窗前望著天空，我不停地想……不停地想，沒有想出一個足以讓我信服的答案，有什麼原因會讓兩個相愛至深的人分隔？為什麼我們總是互相傷害？」

莎夏啜泣出聲，文傲本欲伸手拭去她的淚，但又不敢碰她，上回她的樣子嚇到他了，他怕刺激到她，「別哭……我知道妳受的苦已經夠多了，薩奇曾要我好好想這個問題，但是我的苦卻還沒有受盡……」

「不……」她掩住嘴。

他喘息著，「我每次都告訴自己，只要再見妳一次，再這一次……我就可以將妳想要的東西給妳，每次出門我都這樣告訴自己，今天再見到妳，我覺悟了，我知道絕不會有準備好的一天……」他探手入懷，拿出了一份文件給她，「但是該還妳的還是要給妳。」

淚水浸濕莎夏的眼睛，像是黑色的天鵝絨。

「是什麼？」她帶著嬌弱的哭音問著，接下那份文件，「離婚協議書？」

他給她的竟是他宣稱絕對不可能的離婚協議書？莎夏頓時心痛難忍。

文傲迴避她的眼光，他怕看見莎夏可能會有的表情，她或許覺得如釋重負……

「妳記得曾對我說的那個故事嗎？」他嗄啞地低語。

「什麼故事？」

「有關蛇的。」

我……不會爲了你尋死，我踩了牠一腳，牠咬我一口……

我們扯平了，就跟你一樣……我再也不欠你什麼了……

「莎夏，我有另一個完全不同的版本，妳想聽嗎？」

「想！」莎夏梗著聲道，直視著她唯一的愛人。

「有一條蛇，牠有著所有形容蛇的卑劣天性，就在路旁快要凍死了，這時路過一個善良的少女，而蛇就誘惑少女給牠溫暖，她救了牠，告訴牠溫柔是什麼，而牠卻不知感恩地咬了她……」

終究，他無法繼續，轉身就要走。

「等一等！」

莎夏叫住了他，但文傲並沒有回頭。

「故事的結局是什麼？」她問。

文傲乾笑兩聲，並沒有比哭聲好聽多少，「故事的結局……蛇失去了少女，也失去了溫暖，而冬天……又快要到了。」

他心灰意冷地說完，他就要走了，不想跟她說再見，他……辦不到。

「你要走了？至少該向我道聲再見吧！」

文傲刷地轉過身來，在那一瞬間她看見了怒焰在他眼中一閃，轉眼又熄滅了。

她當著他面前撕碎文件，「我不想要這個！」

文傲霎時失去思考的能力。

「文傲，誰告訴你我要這個來著？」

碎紙被她灑得滿天飛。

「天！」幾個飛快的跨步，莎夏就已經位於文傲的懷中了，他緊緊地擁著她，彷彿那樣就能將所有的痛楚驅離，照亮陰影。

莎夏可以感覺到髮間的潮濕，她也為這再一次的機會落淚，「文傲……我這次再把你放回懷裡，你保證不咬我？」她止不住抽噎。

「我保證，我保證……」

文傲是徹底放棄他的毒牙了！

終曲

莎夏遂了她心願，將她娘家的人全邀來文家玩，順便將她的公公開放給大家參觀。

她笑著說：「今天是不收費的。」

文傲立即輕拍妻子的頭以示警告。

「我們來玩撲克牌吧！」湘提提議。

薩奇對文傲做了個鬼臉，「我老婆最喜歡和別人賭博了，不過只有傻子才會跟那群女人賭，你不會參加吧？」

文傲和岳父都決定隔岸觀火。

她們都拍手叫好，只有文傲的爸爸板著一張臉說，「在我家裡不許賭錢。」

莎夏瞪著他，「賭錢有什麼好玩？玩牌賭錢最沒格了，輸錢一點意思也沒有。」

「不賭錢要賭什麼？」文謹吹鬍子瞪眼睛地問道。

莎夏賊賊地一笑，「就賭那種八百年沒改過的老舊傳統好了，怎麼樣啊？敢不敢跟我賭啊？」

他怎麼能受這小小女子們恥笑？

文父慨然回答：「怎麼賭？我有什麼不敢的？」

「輸的人……要照贏的人意思來修改家規。」

薩奇小聲向文傲說：「叫伯父要忍，小不忍則亂大謀啊！」

文傲還沒來得及說，他爸爸就已經答應了。

「好！以後妳就要聽我的話，做個三從四德的好媳婦，不許再惹我生氣……」

薩奇小聲問，「莎夏常惹伯父生氣？」

文傲微笑，「別聽他這麼說，他可是非常中意這個媳婦，如果莎夏一天不跟我爸爸鬥嘴，他就整天沒有精神。」

莎夏咭咭地笑著，「爸！話先別說得太早哦！就讓您先選吧！要玩什麼呢？」

「快去警告伯父，別跟她玩撲克牌，尤其是廿一點。」薩奇和文傲咬著耳朵，「她記性那麼好，不會輸的，伯父絕對不會贏的。」

話才剛說完，文父就說：「就玩廿一點吧！」

在場的男士全都呻吟出聲。

「誰讓你們無病呻吟的？」文父還怒罵他們。

從此文家再也沒有他引以為傲的「優良傳統」了，文傲想著便笑了出來，其他人也會意地爆笑出聲。

只要幸福溫暖就好，誰在乎那些傳統呢？

【全文完】

後記

《好吧 誰教我愛你》是一本愛情成份很高的故事。

如果是看完才翻到後記的人，應該知道我所言不虛。

這是尹晨伊在商周出版的第一本書，編輯還是毛毛，跟《純金貴公子》和《野蠻公主》等是一樣的。

雖然跟編輯合作有默契，但很遺憾，趕稿還是一樣痛苦，一直到前二天，都還覺得不如死了算了，有種看不到明天太陽出現的感覺，都快寫不完了，還一直爆字數，最後眼睛看花了，改了一次上市的時間，造成大家的麻煩，我在後記特別懺悔並感謝被我連累的各位。

當然我痛苦，編輯也跟著一起痛苦，但日頭赤炎炎，隨人顧性命，也就顧不了那麼多了。

《好吧 誰教我愛你》，算是非常言情的架構，俊男美女組合，不是灰姑娘的故事卻有美麗女孩與多金公子的較勁，這會不會有一種夢幻感發生呢？

我希望會。

讀者的支持就是我繼續宅在家裡工作的動力，當然讀者的怨念也有效，可能對增進工作的速度很有趣。

下本書預定十一月出書，如果沒有意外的話，很快就會跟大家見面了，想要知道第一手消息的朋友，就上粉絲團或是部落格看看。

保持聯絡，下次再見。

尹晨伊

國家圖書館出版品預行編目資料

好吧 誰教我愛你／尹晨伊著. -- 初版. -- 臺北市：
商周，城邦文化出版；家庭傳媒城邦分公司發
行, 民 100.09
面 ； 公分. --（尹晨伊作品；01）

ISBN 978-986-120-964-7（平裝）

857.7 100014105

尹晨伊作品01

好吧 誰教我愛你

作　　者／尹晨伊
企畫選書人／劉枚瑛
責任編輯／劉枚瑛

版　　權／葉立芳
行銷業務／林彥伶、林詩富
總 編 輯／何宜珍
總 經 理／彭之琬
發 行 人／何飛鵬
法律顧問／台英國際商務法律事務所　羅明通律師
出　　版／商周出版
台北市中山區民生東路二段 141 號 9 樓
電話：(02) 2500-7008　傳眞：(02) 2500-7759
blog：http://bwp25007008.pixnet.net/blog
email：bwp.service@cite.com.tw
發　　行／英屬蓋曼群島商家庭傳媒股份有限公司城邦分公司
聯絡地址：台北市中山區民生東路二段 141 號 11 樓
書虫客服服務專線：(02) 25007718・(02) 25007719
24小時傳眞服務：(02) 25001990・(02) 25001991
服務時間：週一至週五09:30-12:00・13:30-17:00
郵撥帳號：19863813　戶名：書虫股份有限公司
讀者服務信箱 email：service@readingclub.com.tw
歡迎光臨城邦讀書花園　網址：www.cite.com.tw
香港發行所／城邦（香港）出版集團有限公司
地址：香港灣仔駱克道 193 號東超商業中心 1 樓
email：hkcite@biznetvigator.com
電話：(852)25086231　傳眞：(852) 25789337
馬新發行所／城邦（馬新）出版集團
Cite(M)Sdn. Bhd.(458372U)11, Jalan 30D/146, Desa Tasik,
Sungai Besi, 57000 Kuala Lumpur, Malaysia.
電話：(603)9056 3833　傳眞：(603) 9056 2833

封面設計／COPY
版型設計／R&A Design Studio
電腦排版／浩瀚電腦排版股份有限公司
印　　刷／卡樂彩色製版有限公司
總 經 銷／聯合發行股份有限公司
電話：(02)2917-8022　傳眞：(02)2915-6275

■ 2011 年（民 100）9月初版
■ 2011 年（民 100）9月23日初版5刷
Printed in Taiwan

定價／250元

ISBN 978-986-120-964-7

廣　告　回　函
北區郵政管理登記證
台北廣字第000791號
郵資已付，免貼郵票

104台北市民生東路二段 141 號 11 樓

英屬蓋曼群島商家庭傳媒股份有限公司　城邦分公司

請沿虛線對摺，謝謝！

書號：BH7025	書名：好吧 誰教我愛你	編碼：

請於此處用膠水黏貼

商周出版

讀者回函卡

謝謝您購買我們出版的書籍！請費心填寫此回函卡，我們將不定期寄上城邦集團最新的出版訊息。

姓名：＿＿＿＿＿＿＿＿＿＿＿＿＿＿＿＿　性別：□男　□女

生日：西元＿＿＿＿＿＿年＿＿＿＿＿＿月＿＿＿＿＿＿日

地址：＿＿＿＿＿＿＿＿＿＿＿＿＿＿＿＿＿＿＿＿

聯絡電話：＿＿＿＿＿＿＿＿＿＿　傳真：＿＿＿＿＿＿＿＿＿＿

E-mail：＿＿＿＿＿＿＿＿＿＿＿＿＿＿＿＿＿＿＿＿

學歷：□1.小學　□2.國中　□3.高中　□4.大專　□5.研究所以上

職業：□1.學生　□2.軍公教　□3.服務　□4.金融　□5.製造　□6.資訊
□7.傳播　□8.自由業　□9.農漁牧　□10.家管　□11.退休
□12.其他＿＿＿＿＿＿＿＿＿＿

您從何種方式得知本書消息？

□1.書店　□2.網路　□3.報紙　□4.雜誌　□5.廣播　□6.電視
□7.親友推薦　□8.其他＿＿＿＿＿＿＿＿＿＿

您通常以何種方式購書？

□1.書店　□2.網路　□3.傳真訂購　□4.郵局劃撥　□5.其他＿＿＿＿＿

您喜歡閱讀哪些類別的書籍？

□1.財經商業　□2.自然科學　□3.歷史　□4.法律　□5.文學
□6.休閒旅遊　□7.小說　□8.人物傳記　□9.生活、勵志　□10.其他

對我們的建議：＿＿＿＿＿＿＿＿＿＿＿＿＿＿＿＿＿＿＿＿

請於此處用膠水黏貼